terra apagada

Cassiana Pizaia

Texto © Cassiana Pizaia
Ilustrações © Gustavo Piqueira / Casa Rex

Direção-geral Vicente Tortamano Avanso

Direção editorial Felipe Ramos Poletti
Gerência editorial Gilsandro Vieira Sales
Gerência editorial de produção e design Ulisses Pires
Edição Paulo Fuzinelli
Assistência editorial Aline Sá Martins
Apoio editorial Maria Carolina Rodrigues, Suria Scapin e Lorrane Fortunato
Supervisão de design Dea Melo
Projeto gráfico e editoração Casa Rex
Edição de arte Daniela Capezzuti
Supervisão de revisão Elaine Cristina da Silva
Revisão Júlia Castello Branco e Andréia Andrade
Supervisão de iconografia Léo Burgos
Pesquisa iconográfica Daniel Andrade e Priscila Ferraz
Supervisão de controle de processos editoriais Roseli Said

As citações apresentadas nas páginas 52, 59, 71, 72, 166 e 174 deste livro foram retiradas da edição de *Fahrenheit 451*, de Ray Bradbury, traduzida por Cid Knipel, publicada pela editora Globo em 2012.

Dados Internacionais de Catalogação na Publicação (CIP)
(Câmara Brasileira do Livro, SP, Brasil)

Pizaia, Cassiana

Terra apagada / Cassiana Pizaia ; [ilustrações Gustavo Piqueira, Casa Rex]. -- 1. ed. -- São Paulo : Editora do Brasil, 2022. -- (Farol)

ISBN 978-85-10-08583-0

1. Literatura infantojuvenil I. Piqueira, Gustavo. II. Casa Rex. III. Título. IV. Série.

22-106381 CDD-028.5

Índices para catálogo sistemático:

1. Literatura infantil 028.5
2. Literatura infantojuvenil 028.5

Cibele Maria Dias - Bibliotecária - CRB-8/9427

1ª edição / 1ª impressão, 2022
Impresso na Ricargraf

Rua Conselheiro Nébias, 887
São Paulo, SP – CEP: 01203-001
Fone: +55 11 3226-0211
www.editoradobrasil.com.br

Para Sofia e Gabriel.

Querido leitor,

Termino de escrever esta história nas últimas horas deste dia 8 de maio de 2064 sem saber se algum dia ela chegará aos olhos ou ouvidos de alguém.

Neste tempo, o meu tempo, nem todas as palavras são bem-vindas. Muitas que aqui escrevo são tão perigosas que precisam ser escondidas. Podem despertar os monstros e, como não quero que eles acordem, devo guardá-las até o momento certo.

Se você está aqui, é porque o momento chegou e nossas esperanças se concretizaram de alguma forma. Quando isso acontecer, talvez esta história já faça parte do passado. Mas minha experiência e os fatos – sim, os fatos – mostram que nem sempre os tempos se sucedem como esperamos. Futuro, presente e passado se misturam de formas estranhas, mais do que imaginamos. Com certeza, mais do que gostaríamos.

Talvez você nunca tenha visto uma biblioteca. Em nosso tempo, embora a maioria das pessoas não saiba, elas ainda existem. Cada uma tem uma história própria, mesclada aos escritos que restam em suas estantes. Mas todas, sem exceção, sobrevivem diante de um abismo.

A primeira que conheci desapareceu pouco tempo depois. Só posso contar do fascínio da descoberta e da tristeza do fim. Mas isso é muito pouco, sou mínima diante de tantos, meus íntimos nada representam diante da complexidade do mundo, dos mundos. Meu entusiasmo e minha dor só são importantes pelo que colocaram em movimento. E o movimento me levou à história que mudou minha vida.

Como eu gostaria de ter a fluência e a clareza de meu avô! Talvez venha dele o amor pelas palavras quase extintas. E um tantinho de coragem que me fez chegar tão perto das bordas, onde os espaços se distanciam como as fendas abertas pelos terremotos. É lá que elas sempre estão, e é por isto que estão: para evitar que o chão desapareça para alimentar as nuvens.

Para começar, para você que me lê ou me escuta, já antecipo: não se engane pelas minhas singelas tentativas literárias. Esses personagens existem. Estão por aí, pelos cantos escondidos atrás dos espelhos que vocês olham a cada segundo de suas vidas. Seus dedos seguram os fios de realidade que os outros ameaçam destruir.

Talvez eles sejam mais reais do que você que me lê agora. Neste exato momento, não tenho a certeza de que você existe. Apenas suponho que, se ousou ir além da capa e chegou até aqui, é porque ainda não desistiu. Talvez, como eu, esteja diante do precipício, se perguntando se existe ainda uma próxima margem.

Se for esse o seu caso, eu afirmo que sim, elas existem, muitas vezes imperceptíveis no interlaço de sonhos, desejos e desesperanças. Mesmo que pareçam distantes e desconectadas, há muitas formas de alcançar as bordas em lugares e tempos que você nem imagina.

Nesses lugares, a realidade se equilibra, sustentada por poderosas pontes feitas de papel.

Maya

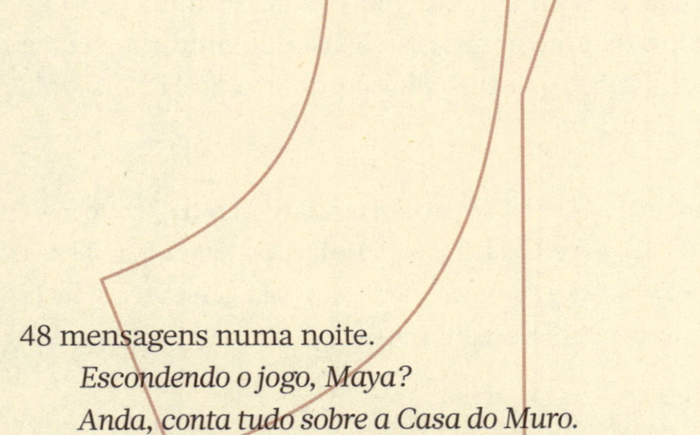

48 mensagens numa noite.

Escondendo o jogo, Maya?

Anda, conta tudo sobre a Casa do Muro.

Desço os olhos para a lista de nomes. Meu tempo de trégua fora curto demais. O círculo não parou de girar durante a noite, tal como ondas concêntricas num lago perfurado por uma pedra.

Desvio minha atenção para a janela. As folhas da velha ameixeira, uma das poucas manchas ainda verdes do quarteirão, permaneciam silenciosas. Sem o som e o movimento do vento e da chuva, o mundo parece imobilizado. O outro lado das paredes do meu quarto também está morto.

Da mesinha próxima à janela, uma voz inflexível faz a primeira chamada para a aula do dia. Apenas cinco minutos para arrastar da cama o corpo moído, ligar a ducha, molhar o corpo, desligar a ducha, ensaboar, ligar, enxaguar, desligar, secar, vestir.

Gostaria de ter um pouco mais de água quente. E de tempo para descansar minha mente exausta de trabalhar durante o sono. Mas no ambiente refrigerado do quarto não há mais água, nem tempo, nem gosto.

Às 7 em ponto, assumo a postura correta, os olhos na tela. Minha presença é devidamente registrada, exatamente dez segundos depois de uma mensagem acusando minha ausência chegar a minha mãe, que trabalha no quarto ao lado, a dois passos da minha porta.

> A transparência é a base do nosso sistema de governo. Quanto mais as empresas e os governos souberem, melhor podem cuidar de nós, oferecer exatamente o que queremos e precisamos. A transparência absoluta traz conforto e segurança.

A voz firme, mas didática, segue seu ritmo enquanto eu observo os cabelos curtos, as maçãs do rosto levemente salientes, a maquiagem suave. Mais perfeita que qualquer humana. Pelo menos qualquer humana fora da tela. Olho para a boca levemente rosada, a única parte em movimento da figura simpática e concentrada. Às vezes ainda me pergunto de quem são as palavras que saem desses lábios perfeitos.

> A informação livre e aberta nos mantém em segurança, protegidos. Ela nos guia para escolhas melhores. Por isso, conectar e compartilhar são os pilares da nossa sociedade.

Enquanto a monitora de educação segue o roteiro da aula sobre formas de governo, os colegas tagarelam. Quarenta e oito contatos me esperam, mas pensar neles me deixa ainda mais exausta. Gostaria de mergulhar de novo na água morna, esquecida da noite e do dia, imersa no calor aconchegante da ausência.

Eu deveria estar feliz. Raramente recebo tantas mensagens assim tão cedo. Mas nesta manhã algo novo parece se mover lentamente fora daquele burburinho silencioso.

Preciso preservar o que apenas se inicia, as formas fugidias e pouco nítidas, evitando que se fragmentem em centenas de bocas e ouvidos até que não sobre mais nada. Minha descoberta lembra as pedrinhas que costumava levar nos bolsos. Saber que existe, que é real, me segura no chão, a salvo do ar rarefeito.

No fim da manhã, já são 85 notificações. Eu tenho a coisa mais valiosa naquele mundo da transparência.

Eu tenho meu próprio segredo.

///

Confessa ou desafia?

No início, escolher era apenas uma brincadeira. Um jogo de fim de festa, todos nós escondidos na penumbra dos quartos fechados, espantávamos o tédio ou o sono com os detalhes mais íntimos da vida uns dos outros. Menos inocente do que pensavam os adultos, mas ainda assim uma diversão. Ao menos para quem sabia jogar.

Talvez as sombras já se escondessem ali, em escala miúda, à espera do momento certo de sair do tapete felpudo e nos acompanhar rumo ao mundo luminoso dos adultos. Talvez o jogo servisse para nos preparar. Ou nos moldar. Como todas as brincadeiras fazem, afinal.

Ou pode ser que as sombras já morassem em nós, disfarçadas pelos olhos acesos, gulosos por qualquer coisa que tentássemos esconder das telas conectadas.

Aos sete ou oito anos, alguns de nós já sabíamos inventar histórias, nomes e rostos, sempre os mesmos, perfeitos demais para levantar suspeitas, óbvios demais para despertar demasiado interesse.

A resposta, qualquer uma, perdia logo o ímpeto da novidade, afogada no oceano de mensagens e imagens que inundava nossa mente a cada minuto.

Mesmo que depois fosse necessário dizer ou fazer coisas, mesmo que essas coisas se tornassem outras, maiores, monstros que ganhavam pernas, aprendiam a andar ao nosso lado e acabavam, por fim, criando condições, exigindo fidelidade. Mesmo assim.

Uma hora tudo ia se misturar mesmo, o real e o inventado, e ninguém sabia mais onde tudo começara. Para que serviria saber, afinal?

Foi ali que perguntaram pela primeira vez.

— O que você faz todos os dias na Casa do Muro? Confessa ou desafia?

A pergunta de Mirela fez o zunzunzum transformar-se rapidamente num silêncio pegajoso, com todos aqueles vultos de olhos bem abertos grudados em mim. Senti o ar murchando lentamente em meus pulmões, o peito comprimido lutando para respirar.

Como ela havia descoberto?

Minha mãe não tinha interesse nenhum em expor publicamente minha vergonha. A plataforma de ensino e os monitores também não me delatariam. Ninguém ia querer assumir uma parcela de culpa pelo meu fracasso.

Foi o silêncio. Minha ausência nas atividades virtuais e nas conversas do grupo, minhas idas e vindas sem explicação. Só os doentes à beira da morte ou os loucos se apagavam, ainda assim involuntariamente. O desaparecimento, mesmo para os meus padrões, sinalizava um grande problema. Ou uma confissão de culpa.

Erro de principiante, claro.

— Confesso — escolhi, mantendo o tom de voz no registro mais neutro possível.

Imaginei a reação da minha mãe. “Melhor assim, pelo menos vamos ter um pouco de sossego”, ela dirá, sem tirar os olhos da tela, com um quase suspiro de resignação.

Não podia culpá-la. Minha mãe não tem tempo para lidar com insinuações e conversinhas intrometidas sobre sua filha problemática. Começa todo dia a trabalhar no café da manhã e só para tarde da noite, o cérebro desligado no sofá gasto diante das séries que ela emendava umas nas outras.

Sabia que minha mãe estava certa. Desafiar quase nunca era uma boa estratégia. Podia me prender por mais tempo ainda na rede, no jogo que não terminava quando o dia enfim nos expulsava de volta para nossas casas.

As punições não se restringiam às sextas-feiras. As pequenas doses de desconfiança nos seguiam nos dias seguintes por todos os cantos. Um cerco de insinuações, mensagens remexidas, passos vigiados. Até que nada restasse a não ser confessar, num outro fim de festa, alguma coisa, qualquer coisa.

Será que foi assim que aprendemos a mentir? Para nos proteger da curiosidade maliciosa, do silêncio gelado reservado aos traidores, da perseguição? Para fazer de conta que éramos mesmo aquele grupo de amigos fiéis, transparentes, unidos desde sempre e para sempre?

Não podia haver esconderijos. A omissão era por si só uma confissão. Um jeito de revelar enviesado, afirmando a existência de algo digno de ser ocultado. O mesmo que jogar carne fresca para uma fera enjaulada. Um segredo não era algo a ser tolerado no meu mundo. Talvez em lugar algum.

— Eu vou estudar — acrescentei, as palavras morrendo na minha boca.

Agradeci à penumbra. Assim não poderiam me ver lutando para puxar o ar pesado de sussurros, risadinhas e sarcasmos. Não conseguiam esconder o prazer pela minha derrocada. A menina inteligente, afinal, não tinha nada de especial.

Uma humilhação pública no único momento em que nos encontrávamos durante a semana equivalia a toneladas de vergonha pingando na rede nos dias seguintes. Mas pensar no depois era um luxo que eu não podia ter naquele momento.

Mantive o foco na lição de respiração orientada da aula de ioga que minha mãe contratara na tentativa de melhorar minha concentração. Abdômen, pulmões, traqueia, narinas. Narinas, traqueia, pulmões, abdômen. Enquanto sentia o ar retomando lentamente o caminho, uma ideia respirou em minha mente.

Eu havia escapado da armadilha.

Mesmo me expondo à humilhação, admitir que precisava de um professor presencial me mantinha na zona de segurança. Pela primeira vez, eu estava jogando de forma inteligente.

Naquele jogo de dissimulação, revelar algo era também o melhor jeito de esconder.

Até a próxima rodada, eu estava a salvo.

/ / /

Fio

1 material flexível, de formato cilíndrico e alongado, feito de fibra natural ou sintética
2 substância líquida ou sólida em estado de continuidade
3 algo usado para atar, unir ou prender
4 qualquer coisa muito frágil

A decisão de ter aulas pela primeira vez na vida fora do meu quarto veio depois daquelas palavras.

— Ela está por um fio.

A voz da minha mãe interrompeu o tom monocórdico da reunião com a gestora da plataforma de ensino. Um rompante abafado, uma explosão ao contrário, um grito preso numa caixa de pedra. No quarto ao lado, desviei os olhos instintivamente da janela para a parede, como se a visão pudesse amplificar os sons que atravessavam o gesso branco. Mas só ouvi o silêncio.

Era a segunda reunião naquele mês, talvez a quinta ou sexta desde o início do semestre. Uma frequência que aumentava de forma inversamente proporcional aos meus resultados, ao meu interesse por fórmulas, predicados, regras e ortografia. Justo agora que estava prestes a sair de vez da fase de colégio.

Nem sempre foi assim. Antes, os relatórios vinham recheados de elogios e estatísticas vistosas registradas em infográficos. As reuniões eram reservadas para os casos complexos.

Os que não aprendiam, os que não correspondiam, os desajustados. Não para nós.

De aluna brilhante a decepção em poucos meses. Meus números, usados em campanhas de divulgação na época de renovação de matrícula, caíam agora perigosamente. Desta vez, teriam de buscar outro rosto, outro histórico para divulgar a excelência da plataforma.

Eles poderiam me obliterar, claro. Apagar meus projetos, misturar as notas à média geral dos que seguiam as regras, sem desastres, mas também sem brilho. Mas não agora, quando as memórias ainda estão vivas. Os fracassos inesperados, os heróis decaídos, sempre chamam mais a atenção dos que os medíocres contumazes.

Era preciso me resgatar rapidamente, antes que questionassem métodos e resultados. Aos heróis não era permitido fraquejar. A menos que...

Ficasse provado que a culpa era exclusivamente minha ou de minha mãe.

Desta vez, os fragmentos que atravessavam o gesso sugeriam que a fase de aconselhamentos havia terminado. Um tom de ultimato, quase de ameaça, tirava da minha mãe a frase quase gritada, desenterrada de profundezas que eu desconhecia.

Por um fio.

Capturei o fragmento como um sensor identifica um inseto. Me concentrei nele, revirei as palavras, isolei o conjunto do resto, do desgosto e da tristeza daquela voz escondida atrás da porta. Agora nada me interessava mais do que essas três palavras unidas.

Expressão intrigante. Talvez seja uma lembrança da infância de minha mãe ou algum resquício de uma aula sobre a extinta Era dos Fios. Tentei fixar a imagem em minha mente, mas me enrosquei nesse algo físico, contínuo, conectando duas máquinas, uma máquina e um corpo, dois corpos.

Nada disso, claro, havia mais entre nós. Vivemos imersos, misturados às substâncias invisíveis, ininterruptas. O ar que entra em nossos corpos traz ao mesmo tempo o oxigênio e a conexão. Reviver um fio era como ressuscitar um fóssil.

Abri o caderninho amarelado, folheei as páginas frágeis divididas em categorias. Cada palavra em seu lugar de direito, com suas companheiras de destino. Escolhi a última da lista.

Palavras descarnadas.

Poucos itens ocupavam a página. Todos antigos, supérfluos, antiquados. Palavras fantasmas. Nascidas em um tempo que não existe mais, mas que se recusa a morrer na mente e nas palavras de algumas pessoas. Como no instante em que minha mãe injetou oxigênio naquela expressão semimorta.

Nenhuma daquelas palavras serve para qualquer coisa prática, mas não me importo. Talvez qualquer coleção seja, no final, apenas um conjunto de inutilidades divididas em compartimentos.

Acrescentei a frase de minha mãe e pesquisei o significado.

Por um fio

1 preso ou sustentado por muito pouco
2 em grande perigo

Virei para o outro lado. Meus sentidos agora captavam apenas as batidas no caderno apoiado no peito. Permaneci imóvel, uma cápsula flutuando no espaço abarrotado de estímulos, culpas, críticas, exigências. Uma cápsula desligada, à deriva.

Lá fora, o dia morria em silêncio. Apenas uma ideia mínima ecoava dentro da minha pele inchada de vazios.

Se ainda há um fio que me liga, onde está a outra ponta?

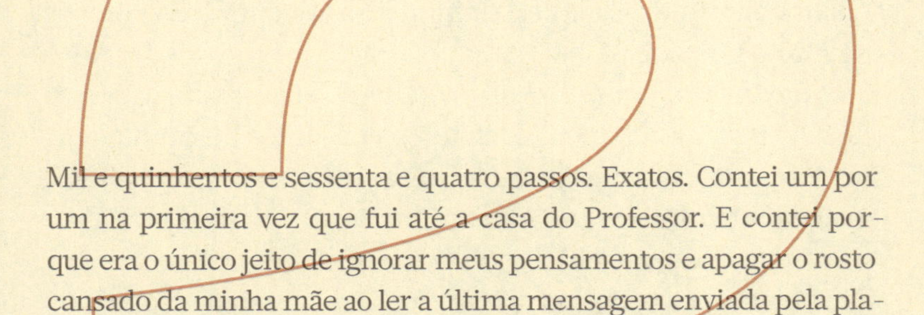

Mil e quinhentos e sessenta e quatro passos. Exatos. Contei um por um na primeira vez que fui até a casa do Professor. E contei porque era o único jeito de ignorar meus pensamentos e apagar o rosto cansado da minha mãe ao ler a última mensagem enviada pela plataforma de ensino: *inapta para as atividades previstas para sua idade*.

Inapta.

As letras apertavam minha garganta já dolorida pelo ar seco e sufocante àquela hora da tarde, latejando como o vértice de um redemoinho. Inapta para os monitores, inapta para jogar, inapta como filha. Inapta, inapta, inapta.

As aulas presenciais foram uma sugestão dos próprios monitores da nossa plataforma, uma última alternativa para que eu pudesse ao menos terminar o nível numa situação menos vergonhosa.

Eu sabia que muitos estudantes recorriam a eles, embora não admitissem. Confessar a incompetência para aprender com as mais modernas tecnologias de ensino fazia de você alguém a ser evitado pelo mundo dos belos, inteligentes e perfeitos. O primeiro passo para se tornar um pária.

Havia outros problemas também.

— Se todos contassem suas dificuldades — disse minha mãe num raro momento de pausa enquanto aquecia o jantar —, o governo seria obrigado a reabrir as velhas salas de aula para dar conta de tantos estudantes.

Impensável. Não havia recursos para reformar edifícios, contratar professores e funcionários. As últimas escolas, fechadas antes de eu nascer, tinham virado centros comerciais há muito tempo.

Havia também o trânsito, a falta de segurança, os riscos de deixar tantas crianças e adolescentes juntos por muito tempo. Para socializar bastavam as festas onde os jovens da nossa vila se reuniam às sextas. Não era preciso dirigir demais, passar pelos muros de outros bairros ou conviver com outros grupos. Estávamos protegidos de doenças e ideias desconhecidas.

Em voz baixa, os adultos falavam também do perigo das substâncias, legais ou não. Com as paredes nos separando na maior parte do tempo, nenhum adulto, afinal, precisaria passar pelo incômodo de ver o que não queria.

Além de seguras, as plataformas ofereciam opções de escolha, dizia o Ministério de Negócios Educacionais. Afinal, cada família podia selecionar o que suas crianças deviam aprender. Ter uma base de conhecimento igual para todos seria um retrocesso no caminho da liberdade.

Na prática, o sistema só funcionava com a ajuda de uma legião de professores desempregados ensinando nas residências dos alunos, onde era mais barato e fácil manter sigilo.

Estudar em nossa casa, contudo, não era uma boa opção. O sistema de monitoramento do trabalho de minha mãe com certeza captaria as vozes. Ter uma filha, antes brilhante, com problemas de aprendizado poderia indicar problemas domésticos, tirar pontos da avaliação periódica dela, afastar clientes e empregadores, prejudicar os rendimentos.

Foi assim que terminei contando os passos em direção à casa do professor na tarde mais quente e seca do ano.

"A massa de ar úmido mais uma vez foi contida pela massa de ar seco que cobre a maior parte do país", informou Lua assim que abri os olhos. Lavei o rosto sem responder nem olhar para o espelho, escolhi uma roupa de sair e fechei a porta de casa atrás de mim pela primeira vez em semanas.

Por hábito, olhava para os pés. A poeira cobria meu tênis, rodopiando solta, arrastando fiapos de folhas secas rente ao chão. Duzentos, duzentos e um, duzentos e dois. A longa linha de algarismos me guiava até minha última oportunidade.

— Não quero que você termine apertando botões numa fábrica de carne sintética – dissera minha mãe.

Com o canto do olho, percebi uma pedra arredondada e lisa um pouco adiante. Resisti ao desejo de me abaixar. Eu não era mais uma criança. Esfreguei o dedo indicador, sentindo as pequenas imperfeições da cutícula meio comida do polegar. Dei um chute de leve. A pedrinha saltitou, assustando um gatinho laranja que dormia refestelado perto da mãe no cimento sombreado por um arbusto de suculentas com as pontas ressecadas.

Na chaminé da casa vizinha, um gigantesco carcará se equilibrava com as asas abertas, à espera de um descuido da gata.

///

— Do que você gosta, Maya?

O homem à minha frente me olhava atentamente sob as pálpebras um pouco flácidas. Abaixo delas, as rugas finas desenhavam o rosto até se aprofundarem em sulcos ao lado da boca onde por muitas décadas devia ficar o sorriso. Mas o Professor não sorri agora.

A casa onde estávamos destoava de todas as outras do bairro. Devia ter mais de cem anos. Foi o que minha mãe disse ao me dar o endereço e as instruções de como chegar. Não soube dizer a cor. Décadas e décadas de vento e chuva haviam desgastado a tinta, restando um leve fundo meio azul, meio ocre. As telhas cor de terra contrastavam com o brilho prateado das placas de captação da luz solar.

Ao chegar, passei pela fresta aberta do portão de ferro, sentindo as folhas mortas se rompendo sob meus pés. Uma árvore carregada de pequenos frutos redondos e pretos sombreava o jardim gramado. Perto do muro, uma planta de caule muito fino sustentava uma flor de pétalas amarelas. Estava presa numa vareta espetada no chão. Sem pensar, estendi a mão para tocá-la.

— Não toque na rosa — ouvi.

Retirei a mão, quase despetalando a flor com o gesto brusco. Nunca tinha visto uma rosa amarela. Na verdade, nunca tinha visto uma rosa assim, plantada no chão. Como ele tinha conseguido? Arrumar água para manter uma planta assim, fora das estufas, não devia ser fácil.

Devia ser mais uma das coisas antigas guardadas pelo portão de ferro. Como a casa, o homem parado na soleira com a mão na maçaneta, a própria maçaneta de metal torcido.

— Vamos, entre. Antes que destrua o jardim — disse ele.

Obedeci, contraída de constrangimento. O Professor me deu passagem e fechou a porta. Nenhuma voz nos recebeu, nada se moveu. Ele mesmo pressionou um pequeno botão na parede e a luz se acendeu num clique.

Sem nenhum som vindo das paredes, nossos passos ecoaram pela sala abafados pelo tapete claro de fibra. Sombras miúdas se moviam sobre o piso de tábuas gastas que escapava pelas bordas do tapete até a parede à minha direita. Os raios entravam pela janela aberta filtrados pelas folhas do jardim lateral.

A sala toda destoava do aspecto das paredes externas. Comum, retangular, com pintura clara recente e poucos móveis simples e atuais. A única tela ocupava a parede à minha esquerda, apagada diante do sofazinho verde-escuro com duas almofadas coloridas.

O Professor atravessou a sala calado e moveu ele mesmo a parede do fundo. Duas grandes placas correram para as laterais, revelando uma saleta menor, com uma estante e uma pequena mesa branca onde ele me ofereceu uma das duas cadeiras.

Na posição em que me sentei, meus olhos naturalmente encontraram aquelas cores. O quadro, um conjunto de verdes e azuis em múltiplos tons, tomava quase todo o meu campo de visão. A luz do entardecer entrando pela janela cobria a tela de um amarelo quieto e suave. Havia algo de tristeza naquelas tintas entrelaçadas.

— Do que você gosta, Maya?

Vasculhei o emaranhado de impressões e ideias pela metade em busca do fio de pensamento — a ideia do fio agora não me saía da cabeça —, um fio que pudesse puxar inteiro. Mas quanto mais remexia as ideias, mais elas se emaranhavam como um ninho. No fundo daquele ninho, eu vi o de sempre.

As pedras. As palavras. Os párias.

No instante mesmo em que pensei, percebi pela primeira vez como as palavras se pareciam. Tive vontade de dizê-las assim, encadeadas como os elos de uma corrente. Senti que roçavam na ponta da língua, quase escapando em direção aos lábios. Mas fechei a boca. Melhor que morressem no fundo da garganta.

/ / /

As pedras vieram primeiro.

Muitas vezes, ao procurar uma roupa no fundo do armário, ainda me pergunto onde estão.

Pedras não evaporam. Algumas podem ser moídas e transformadas em paredes. Outras ficam por aí, pelos cantos. Talvez quicando diante do pé de uma criança, pois as crianças estão sempre mais próximas das pequenezas do chão.

Eu também era pequena quando comecei. Reparei nelas de tanto andar de cabeça baixa, pescoço de ganso, os olhos curvados, escondidos na ponta dos sapatos. Enquanto contava os passos, observava os diversos tons de cimento e asfalto passando sob meu tênis, as longas fileiras de formigas miúdas até os tufos de mato que escapavam pelas finas rachaduras.

Encontrar uma pedra especial iluminava aquele caminho seco e monótono. Gostava das lisas e brilhantes, mas as imperfeitas me atraíam ainda mais, com suas asperezas, lados irregulares, tons misturados, pontas desconfiadas.

Passei a esquadrinhar o chão, procurando as pequeninas e naturais. Apenas as genuínas, que não fossem feitas por homens ou máquinas, me interessavam. Queria as pedras únicas, com todo o mistério do início e do fim dentro delas.

Perguntei à Lua como as pedras surgiram.

"O nome correto é rocha", disse Lua. "As rochas se originaram do magma, a massa quente e pastosa que existe no interior da Terra."

Não fiquei satisfeita com a resposta. Naquela época eu nunca ficava satisfeita com as respostas.

— Mas como essa massa que gerou as rochas foi parar lá dentro? — perguntei.

"Segundo a sua plataforma de ensino, as rochas que formam a terra vieram do espaço", respondeu ela.

Depois dessa resposta, passei a gostar ainda mais delas. Cada vez que encontrava uma nova pedra, ou rocha, como dizia Lua, sentia que tocava uma estrela, um grão de poeira do céu perdido no seco do meu caminho.

Desde então, sempre que algo me incomodava, os dedos úmidos procuravam o frescor, a rugosidade, as imperfeições guardadas no fundo dos bolsos. Minha mãe apenas tolerava aquele hábito.

— Pelo menos você não arranca pedaços dos dedos — dizia, olhando feio para minhas unhas roídas.

Costumava guardá-las numa caixa de resina amarela, atrás das roupas dobradas no fundo do armário, como um tesouro escondido na caverna de um pirata. Até que, um dia, não encontrei mais nem a caixa nem as pedrinhas.

— Não temos espaço para essas coisas — disse minha mãe. — A não ser que você queira jogar suas roupas ou calçados fora para guardar pedras.

Ela estava certa. Nosso espaço e minhas roupas cada vez maiores nos impediam de guardar o que quer que fosse sem utilidade prática.

Mas eu precisava delas para me concentrar nas longas manhãs de atividades escolares. Como não conseguia fugir para fora, escapava com as pontas dos dedos. Com eles vinha a lembrança do encontro, se ventava ou havia neblina, se o chão estava limpo ou coberto de folhas mortas. Um tipo de aconchego.

Com os bolsos vazios, passei a procurar as imperfeições em outros lugares. Uma marca deixada por um inseto esmagado na parede, a ponta descascada do sapato, a mancha cinzenta que penetrava por baixo da janela, desafiando os sistemas de limpeza do ambiente.

Quase não ouvia a voz da monitora, que me chamava de volta.

— Maya, preste atenção.

— Maya, você está se distraindo. Preste atenção.

Atenção, atenção, atenção.

Sem as pedrinhas, a voz ia ficando cada vez mais distante. Por fim, me refugiei nas folhas da minha janela.

Ter os galhos da velha ameixeira tão perto era quase um milagre. Talvez fosse porque minha mãe vivia preocupada demais para pensar em cortar a árvore. Ou porque ela também gostasse de colher as ameixas amarelas e suculentas nos anos em que a chuva vinha na época certa.

O fato é que a ameixeira continuava lá, puxando meus olhos para além das telas. Foi quando comecei a ficar para trás nas atividades escolares.

Havia algo errado comigo. Os sistemas de ensino atualizavam constantemente os conteúdos, excluindo temas arcaicos que não interessavam mais. Coisas obsoletas como Filosofia e História foram abandonadas. Afinal, serviam apenas para criar dúvidas e confusão, além de questionamentos por parte dos pais que não concordavam com trechos dos programas.

Como era impossível atender a todos, optaram pelo mínimo. Desde a última avaliação, nenhum texto com mais de dez linhas era permitido. Assim evitavam dúvidas de interpretação e o abandono da leitura pelos estudantes. Como eu podia não acompanhar?

Talvez eu ainda estivesse lá, o rosto virado para a tela, os cantos dos olhos percebendo as nesgas de céu esfumaçado através das folhas da velha ameixeira, se não fosse minha segunda coleção.

///

Dignidade

1 característica de quem age com honestidade e honradez
2 qualidade ligada à grandeza, altivez e integridade moral
3 amor-próprio, consciência de si mesmo

Comecei por acaso, durante uma visita de rotina à clínica onde mora meu avô.

O encontro semanal durava pouco. Começava com um beijo na testa, um ligeiro abraço, um “oi, vô” e terminava com minha fuga para algum ponto distante enquanto minha mãe e ele conversavam em voz baixa. Normalmente a única coisa que eu levava desse contato era um cheiro estranho que lembrava o aroma que escapava do fundo do armário quando retirávamos os casacos no final do outono.

Minha mãe dizia que nem sempre tinha sido assim. Muitas décadas atrás, meu avô fora um jornalista, um jornalista importante, que fazia diferença na vida das pessoas.

A profissão de jornalista é uma daquelas que sumiram completamente décadas atrás. Em minha apostila virtual, jornais e revistas aparecem no mesmo capítulo do papiro e da tábua de argila. Chamados genericamente de imprensa, tinham ficado no passado. Uma tecnologia superada pelo que veio depois.

"Jornalista era uma pessoa que trabalhava na coleta, apuração, redação, apresentação e distribuição de informações de interesse coletivo."

A definição de Lua não me ajudou a entender em que um jornalista diferia dos robôs redatores e dos produtores de conteúdo. Nem o que, afinal, meu avô tinha de especial para receber o adjetivo de importante entre os tais profissionais de imprensa.

Mas não era isso que me incomodava. Profissões desaparecem todo dia, quem pode se adapta ou vai fazer outras coisas. No caso do meu avô, não foi apenas a profissão que desapareceu. Jornalista ou não, ele fazia parte de um grupo de pessoas que não existia para o mundo. Gente que as famílias faziam questão de esconder por uma mistura corrosiva de medo e vergonha.

Meu avô era um pária. "Um indivíduo excluído ou segregado por uma comunidade" — disse Lua.

Nunca me disseram o motivo. Quem tem um pária na família aprende desde cedo a suportar o fardo em silêncio. Se soubessem, os amigos se afastavam, como se o ostracismo fosse um vírus contagioso. Era preciso criar distâncias, dissociações. E esforçar-se sempre um pouco mais no trabalho, tirar notas sempre um pouco melhores que as dos outros.

— Seu avô não tem culpa — defendeu minha mãe, na única vez em que ousei tocar no assunto. — Tiraram o trabalho dele, inventaram histórias, acusaram-no de coisas que não fez.

O tom de voz irritado da resposta me fez desistir de continuar no assunto. E as coisas não ditas transformaram o passado de meu avô, e consequentemente o dela e o meu, numa espécie de poeira escondida atrás das portas. A parte do homem que restou dele desaparecia em paz entre jalecos brancos. E recebia as visitas protocolares impostas por minha mãe.

Nos últimos tempos, contudo, comecei a perceber algo novo naqueles encontros, principalmente nos momentos em que meu avô se exaltava e falava alto o suficiente para que as palavras chegassem até mim. Eram palavras incompatíveis com um ser tão apático e acomodado. Palavras vivas demais.

Naquele dia, meu avô se agitou mais uma vez. Falava muito, e minha mãe tentava conter com delicadeza suas mãos trêmulas.

— Eles não podem tirar a dignidade das pessoas! — ele gritou de repente, se soltando da minha mãe.

Eu estava sentada sobre o piso de grama artificial, as costas na parede, os olhos vagando entre o cadarço dos sapatos e as cadeiras de plástico azul onde eles conversavam. Dois funcionários se aproximaram rapidamente, mãos fortes o levaram de volta para o interior da clínica. Já no carro, perguntei o significado daquela nova palavra.

— Seu avô não sabe o que diz — minha mãe respondeu, encerrando o assunto com uma carranca.

Talvez ele não soubesse mesmo, afinal vivia numa clínica para idosos com transtornos psiquiátricos. Talvez os transtornos fossem a causa dos seus atos no passado, aqueles que arruinaram sua vida e nos condenaram a arrastar uma sombra eterna atrelada ao calcanhar.

Ainda assim, a palavra era interessante demais para ignorar. Lua resolveu minha curiosidade assim que tranquei a porta do quarto.

"Dignidade é a qualidade de quem tem consciência dos próprios valores e age de acordo com eles, com honradez, amor-próprio e integridade."

Honradez, amor-próprio, integridade. Repeti as palavras devagar, marcando cada sílaba. Eu as conhecia, claro, embora não as ouvisse com frequência. Mas talvez não soubesse usar nenhuma delas corretamente numa frase.

Puxei **dignidade** para meu aplicativo de anotações. Observando o espaço em branco abaixo dela, veio a ideia. Uma coleção de palavras não ocupa lugar, não junta poeira nem perturba minha mãe. Ninguém poderia tirá-la de mim.

Comecei a procurar outras palavras raras. Mas onde elas estavam? Com certeza, não nas mensagens de todo dia, nas lições da plataforma, nas conversas na rede.

Em vez dos olhos, passei a usar os ouvidos para descobrir as preciosidades. Os sons exóticos, suaves, surpreendentes ou intrigantes me atraíam. Só então examinava a palavra, escavando os sentidos como um arqueólogo desenterra ossos de uma criatura fantástica.

///

Melancolia

1 estado emocional caracterizado por apatia, falta de energia e tristeza
2 sintoma de depressão ou outras doenças psiquiátricas
3 sensação de desconforto e desânimo sem causa definida

Cada palavra de minha coleção ressuscita uma história.

Foi uma delas, por exemplo, que me fez prestar mais atenção na Alice.

Costumávamos ir à casa dela antes de alguma data especial para buscar os bolos e pães mais deliciosos do bairro. Por algum motivo, Alice não usava nenhum serviço de entrega. Quem quisesse provar seus produtos tinha de esperar na cozinha enquanto ela terminava de bater uma massa ou tirar uma forma quente do forno.

Minha mãe gostava de vê-la trabalhando, os cabelos pálidos meio escondidos por um lenço de pano, os olhos refletindo a chama azulada do antiquado forno a gás. Sempre que chegávamos, Alice preparava um refresco ou uma caneca de chá e servia uma fatia gorda de bolo.

— Bolos de antigamente acompanham bem as conversas de antigamente — ela dizia.

Nos últimos tempos, mamãe estava ocupada demais com um de seus negócios novos — ela sempre tinha negócios novos — para ter conversa de antigamente na rua de baixo. Era eu, então, quem buscava o pão ou o bolo naquela casa impecável, com toalha branca de pano sobre a mesa.

Um dia cheguei cedo demais e ela me ofereceu uma cadeira e um copo de suco gelado de limão bem doce. Eu esperava uma de suas longas conversas, mas ela permaneceu calada, as mãos descansadas no colo, olhando para o pão ainda branco no forno.

Ficamos as duas em silêncio, observando a casca ganhar gradualmente uma tonalidade dourada, envolvidas naquele cheiro bom, na quietude da pequena cozinha, o frescor do suco na boca.

Ao me entregar o embrulho quente, ela mandou um abraço para minha mãe.

— Desculpe minha melancolia. Hoje é um dia de lembranças — acrescentou com um leve sorriso.

Melancolia.

Levei com cuidado o pão e a palavra para casa. Enquanto comia o pão, pensava na palavra, na melancolia de Alice.

"Melancolia é uma condição emocional caracterizada por falta de energia e tristeza profunda. Pode ser sintoma de depressão ou outros problemas psiquiátricos."

Depois de uma pausa quase imperceptível, Lua mudou o tom de voz.

"Por que quer saber isso, Maya?"

A pergunta me deixou em alerta. Sabíamos que pesquisas sobre estados de espírito e sintomas psiquiátricos quase sempre despertavam gatilhos nas assistentes.

O impacto dos suicídios no sistema de saúde trazia preocupação, principalmente no caso dos adolescentes. Não que adultos estivessem a salvo. Mas, no caso deles, era mais fácil ocultar a causa da morte. Uma distração, um frasco trocado, uma dose a mais de remédios antes de dormir explicavam os corpos encontrados pela manhã.

Com crianças e adolescentes, a situação se complicava. Pais e médicos eram responsáveis pelas medicações. Como explicar que aqueles jovens bem-dispostos, cheios de atitude que víamos nas redes, desapareciam de repente?

Por isso, o programa de prevenção precisava de todos os olhos e ouvidos. E não havia olhos e ouvidos mais atentos que os de nossas assistentes.

O hábito da sinceridade é algo muito difícil de controlar. Especialmente quando a voz que pergunta é a mesma que te acalma desde pequena, quando sua mãe precisa sair e te deixar sozinha em casa.

— É para uma questão da escola, Lua. Obrigada pela preocupação — respondi.

Voltei a pensar em Alice. Ela não parecia doente, nem fraca, nem incapaz. Tristeza, dor, sofrimento, depressão. Nada disso parecia combinar com a fisionomia e o olhar doce ao dizer aquela palavra. Sua postura, sentada na cozinha, remetia a outras coisas. Alice parecia olhar para dentro, respirar outro tempo, outro lugar.

Melancolia fez nascer uma nova categoria, a das **Palavras Imprecisas**. Nela entravam as palavras que escapavam das explicações de Lua, exigindo tantos termos para esclarecer seu significado que, no final, parecia não haver definição alguma. Mas elas continuavam vivas, fortes como totens que ninguém consegue decifrar completamente.

Foi também depois de **melancolia** que comecei a escrever à mão. Uma tentativa de escapar um pouco de Lua e suas perguntas sorrateiras.

No início, os dedos doíam. Quase ninguém usava lápis ou caneta depois do segundo ano da escola. Era preciso treinar e, para isso, a maior dificuldade era encontrar papel.

Vi o caderno pela primeira vez entre as coisas do meu avô que minha mãe guardava num armário velho no quarto dela. Manchas amareladas cobriam os cantos da capa molenga. Rascunhos indecifráveis em letra manuscrita ocupavam apenas as primeiras páginas. O resto envelhecera sem uso.

Quis saber o que era.

— Não sei por que não jogo tudo fora de uma vez — murmurou ela, com a cabeça dentro do armário, tirando as pastas pretas com pequenas etiquetas, os livros antigos de capa dura, a caixa preta repleta de pequenos barulhos.

Sem responder a minha pergunta, colocou tudo de volta, arrumando com cuidado cada coisa em seu lugar. Mas me entregou o caderno amarelado. Depois, como sempre, fechou a porta do armário com uma chave pequenina, a única que havia em casa.

Passei a usar o caderno para treinar a grafia, copiando o desenho das letras e comparando com a escrita de meu avô. Demorou, mas meus dedos ficaram mais ágeis, e a letra, mais clara e corrente. Conforme eu preenchia as páginas com minha coleção de palavras, minha mãe franzia a testa. Desconfiava que aquilo era mais um subterfúgio para escapar das lições, que eu nem me esforçava mais para pôr em dia.

Mas, às vezes, enquanto eu escrevia, percebia que ela me observava com um olhar morno e distante. Não sabia como descrevê-lo.

Talvez, só talvez, fosse **melancolia**.

///

O Professor esperava o fim de meu devaneio com os dedos calmos cruzados sobre a mesa, a pergunta suspensa no ar como aqueles corpos minúsculos que voavam na réstia de luz que começava na janela e terminava no quadro.

Mantive os olhos no emaranhado de verdes, vermelhos e amarelos à minha frente, tentando não arrancar a ponta áspera da cutícula no meu polegar direito.

— Gosto de árvores — respondi.

— Ótimo — respondeu o Professor. — Podemos começar por aí.

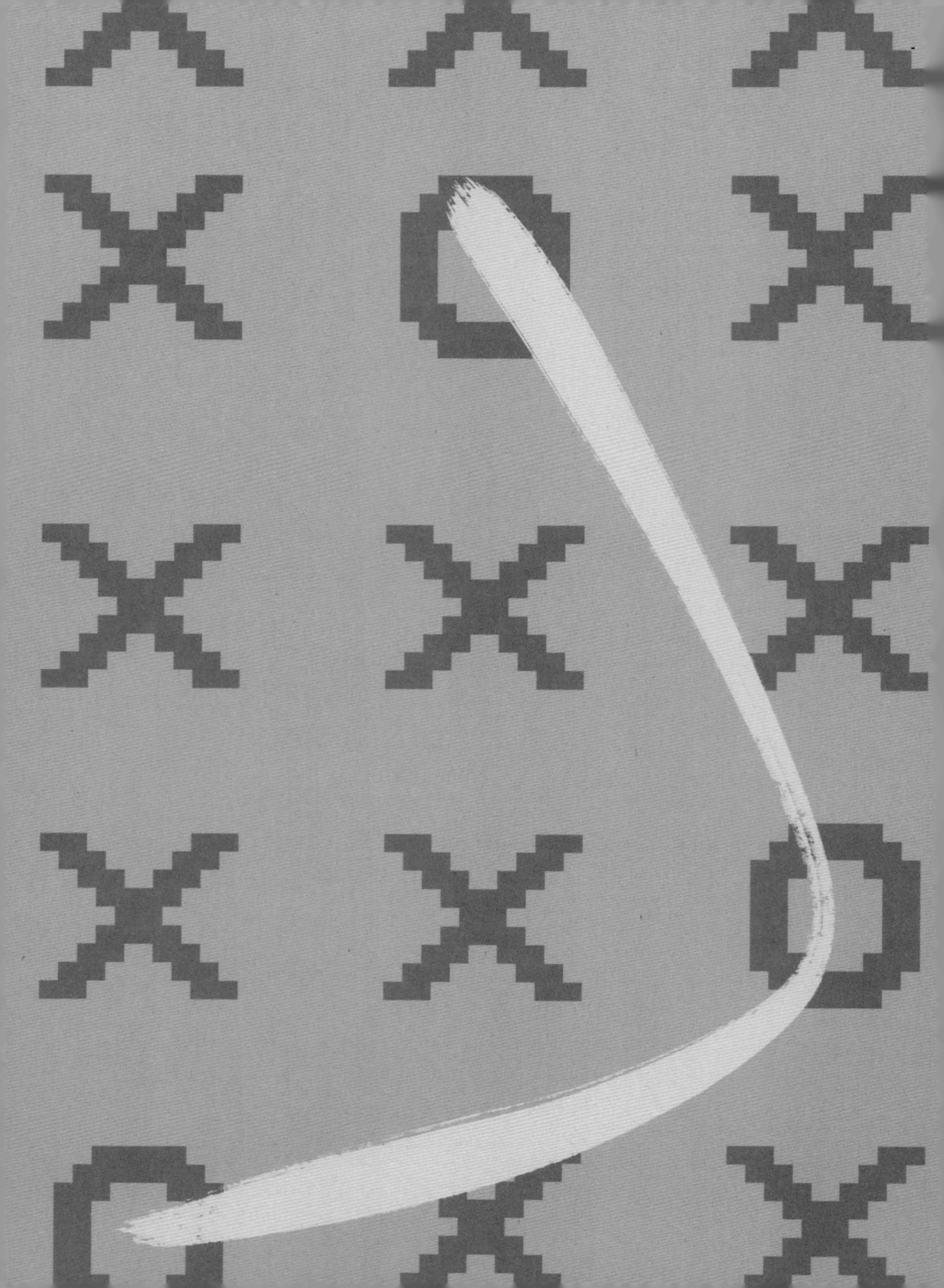

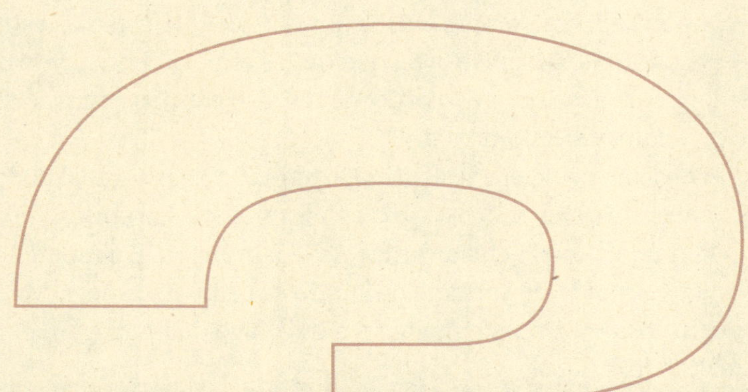

Se as aulas fossem uma fórmula, a mudança seria a única constante nas aulas do Professor.

Começamos sempre pela plataforma de ensino, mantendo o programa de estudos dentro do cronograma. Depois ele desliga tudo e continua a aula em outros espaços: na cozinha, à sombra da jabuticabeira no jardim da frente e, principalmente, no terreno livre dos fundos da casa.

O quintal não tem qualquer sinal do visual típico dos pátios da nossa vila. Arbustos com flores roxas atraem minúsculos bichinhos com asas, árvores de tronco grosso se elevam acima da casa, muito mais altas que nossa ameixeira, a horta produz folhas que eu só conhecia dos saquinhos do mercado.

Cada elemento do quintal forma um pequeno universo. As folhas secas mantêm a umidade na terra. Uma pequena cisterna coleta a água da chuva que vem do telhado para regar as folhas comestíveis. Um composto feito de restos de alimentos fertiliza os canteiros e vasos. E tudo isso alimenta nossas aulas.

— As pessoas se esquecem, Maya. Mas o mundo virtual precisa do mundo físico para existir. É no físico que estão as estruturas dos átomos, a matéria de que tudo é feito e, dentro de tudo, a energia. A base de tudo o que vemos, do que não vemos e até do que não existe, como o *digifi*.

Penso na inteligência artificial, o humano e a máquina unidos num mesmo sistema. Mas o Professor tem ideias próprias.

— A única inteligência verdadeira é a humana. É a mente humana que molda de verdade o mundo e nossa existência, Maya. E quem moldou a nossa mente foi o encontro da linguagem com a realidade.

///

Verdade

1 o que corresponde ao original
2 uma correlação objetiva e exata de algo concreto e sua representação
3 conformidade possível estabelecida entre o pensamento humano e a realidade objetiva

Talvez tenha sido a página manuscrita que encontrei sobre a mesa de trabalho certo dia. Ou os lápis sempre bem apontados no lugar das flores do pequeno vaso azul da prateleira. Não sei bem o que me levou a mostrar minha coleção secreta. Mas lá estava ela, nas mãos daquele homem que eu mal conhecia.

O Professor ergueu as sobrancelhas, os olhos empurrando para cima as pálpebras caídas. Folheou o caderno com delicadeza, lendo as palavras devagar, demorando-se mais em minha categoria mais recente.

Apenas duas palavras ocupavam a folha.

Fato.

Verdade.

Eu as encontrei por acaso remexendo a pasta de elástico de meu avô. Já havia voltado várias vezes ao velho armário. Bastava manter tudo na mesma ordem, a pasta fechada, o armário trancado à chave, a chave no fundo da gaveta, e minha mãe não desconfiava de nada.

Dentro da pasta havia vários recortes de jornal, com as letras já meio apagadas, mas ainda legíveis. Manuseei com cuidado o primeiro deles. Pela data, o impresso tinha mais de vinte anos. Umas sessenta linhas, divididas em duas colunas. Ao lado, a foto de um homem jovem, de camisa, olhando para alguma câmera do passado. No alto, o título com letras grandes:

A verdade dos fatos.

Abaixo dele, o nome do meu avô em letras miúdas.

Tentei ler o texto rapidamente, mas os passos de minha mãe no corredor me alertaram. Melhor esperar outro momento, um dos poucos em que ela saía para comprar algo que não encontrava nos aplicativos. Guardei o recorte, fechei a pasta e o armário, guardei a chave na caixa.

Mais tarde, perguntei à Lua.

"Fato é um evento cuja existência pode ser comprovada de forma indiscutível. Significado relacionado ao conceito de **verdade**. *Uma palavra em desuso"*, disse ela.

Cogitei não fazer a pergunta seguinte. Como disse, Lua andava muito suscetível a gatilhos, principalmente depois de meus problemas escolares. Mas arrisquei assim mesmo.

— E o que é **verdade**, Lua?

Tive a impressão de que ela demorou um segundo a mais que a precisão habitual para responder.

"*Propriedade de uma ideia ou pensamento que se pretende fiel aos fatos e à realidade. Palavra em desuso desde a Guerra da Verdade.* Evite o uso, Maya."

Já esperava que ela falasse da guerra. Mas Lua parecia mais preocupada com o que eu deveria ou não fazer do que em me explicar o que eu queria saber. Suas respostas andavam em círculos, como quase sempre acontece com as **Palavras Inexatas**. Mas essas duas, **fato** e **verdade**, pareciam de uma categoria completamente diferente.

Não me lembrava da última vez que havia ouvido ou lido **fato** nos materiais da plataforma. Também não era um termo que usávamos na rede. Talvez por estar tão conectada com a palavra **verdade**. E **verdade** estava relacionada, quase sempre, com a Guerra.

"Procurem outros vocábulos", nos diziam nas aulas.

Achei melhor continuar a busca por conta própria. Ao digitar **verdade** no dispositivo, a tela se encheu de cenas grotescas. Imagens de assassinatos, mortes, atrocidades. Casas invadidas, linchamentos, agressões.

Não consegui prosseguir, era quase insuportável olhar. Entendia por que a palavra estava proscrita. Para evitar todos aqueles horrores. Talvez os escritos de meu avô estimulassem a violência. Talvez ele fosse um dos homens que nos levaram à guerra. E a ideia fez meu estômago se contorcer.

Virei a página e comecei a preencher a folha em branco. **Fato** e **verdade** entraram na nova categoria. Eram **Palavras Extintas**.

/ / /

Alguns dias depois, minha mãe resolveu ir pessoalmente buscar o pão para o fim de semana e eu pude ler o artigo em paz.

A verdade dos fatos

A verdade não mais existe. Foi humilhada por aqueles que não conseguiram dobrá-la aos seus interesses. Para matá-la não precisaram de canhões, fogueiras, calabouços. As armas que usam agora são mais sorrateiras e sofisticadas, especializadas no ataque ao mais poderoso instrumento que a humanidade possui para garantir sua sobrevivência. A razão.

Quando o homem entendeu que o universo não girava em torno dele, passou a buscar respostas para novas perguntas. E as respostas geraram hipóteses, que geraram outras perguntas, e foi preciso criar um método para que as respostas fossem mais precisas e tivessem utilidade prática.

Em vez de encaixar o mundo numa forma preconcebida, começamos a ampliar as ideias para dar conta do infinito do mundo. Com isso criamos nossa realidade, no encontro do que existe e do que somos capazes de perceber e criar a partir de nossos sentidos e nossa inteligência.

É a razão que nos fez perseguir a verdade. Queremos a correspondência entre o que existe e o que pensamos. Não conseguimos senão aproximações, claro. Estruturas que usamos para nos balizar, nos conduzir diante da absurda complexidade do infinito do mundo. A ciência, as artes, a política, as religiões são algumas delas.

Esses poderosos instrumentos não estão acima do bem e do mal. Uma vez criados, estão a serviço da vontade dos homens. Usamos a política para oprimir minorias. Usamos a ciência para desacreditar saberes construídos por séculos de observação humana.

Com razão, os que sempre estiveram à margem começaram a defender o direito de contar suas próprias histórias. Reivindicaram o direito ao trabalho, à educação, à saúde, à qualidade de vida e ao respeito. Questionaram a verdade tida como imutável, devolvendo-lhe o ponto de vista humano.

Seus detratores não estavam parados. E estão dando o troco. A verdade ampliada, que inclui os que estavam excluídos, não atende mais a seus interesses. E, se a verdade não os beneficia, ela não serve. O melhor a fazer é destruí-la. Ao atacar toda e qualquer forma de verdade, eles impedem que as mentes se conectem em uma mesma direção. Matam assim a força mais poderosa de transformação do mundo.

Chegamos até aqui às custas de suor e sangue. Sobrevivemos a guerras, epidemias, extermínios. Milênios de observação, análise, construção e destruição nos trouxeram até aqui. Nossa verdade é frágil, dizem. Mas a busca por ela é o que nos une, como seres racionais e transcendentes que não desistem diante da tarefa magnífica de tentar compreender este vasto, incrivelmente complexo e infinito mundo.

O maior adversário da verdade não é a mentira ou a dúvida, mas o cansaço. Para cansar nossas mentes sobrecarregadas, investem na confusão. Inventam, confundem, distorcem e misturam fatos e mentiras. Dizem para desdizer logo depois. Investem contra os instrumentos criados pela mente humana para nos guiar no caos: a lógica, a coerência, os números, a confiança em registros e testemunhos imparciais.

Nossas referências são como o astrolábio usado pelos navegadores para navegar no oceano desconhecido e, portanto, sem fim. Hoje, aquele aparelho é apenas peça de museu. Mas ele nos guiava pelo caminho mais incrível e improvável. O céu. Sem ele, os navegadores temiam os abismos.

Sem referências, deixamos de reagir. Cedemos ao medo e à raiva. Sem informação confiável, sem balizas, sem relacionamentos sólidos, cavamos fossos intransponíveis.

Os métodos foram os mesmos de sempre. Mas agora ganham a velocidade dos circuitos, a força e a presteza da inteligência artificial a serviço de poucos.

Destruir a sede humana por conhecimento e transcendência é a forma mais eficiente de manipulação. A dúvida, o grande motor do pensamento, tornou-se apenas fonte de um imenso cansaço.

Estamos vencidos.

///

Não digo nada ao Professor sobre o artigo do jornal. Não poderia indicar a fonte das palavras sem remexer a história que minha mãe guardava com zelo há tanto tempo.

— Você tem uma coleção interessante — diz ele. — Agora precisa usá-la.

Não entendo o que quer dizer.

— Uma palavra imóvel não consegue comunicar, Maya. Sem isso, seu caderno é como sua caixa de pedras no fundo de uma gaveta. Não serve para nada.

Tenho vontade de me esconder em algum buraco. Havia sido ingênua demais por acreditar que aquela coleção boba teria algum valor para alguém. Mas ele continua:

— Não me compreenda mal. São palavras belas e interessantes. Mas assim, estáticas, estão mortas, como uma coleção de borboletas. Você pode usá-las para aprender, analisar os detalhes, as origens, as características. Mas elas nunca mais vão polinizar uma flor.

Ele me devolve o caderno fechado.

— As palavras só têm vida quando são misturadas, remexidas, unidas e transformadas em ideias, sensações e sentimentos. E a melhor maneira de fazer isso é escrever nessas páginas em branco.

Não soube o que responder. Apenas guardei minhas palavras mortas e voltamos para as atividades normais.

Mas na aula seguinte, com o estímulo do Professor, comecei a pôr as palavras em movimento.

///

Biblioteca

1 conjunto de livros e outros documentos organizados de forma a facilitar o estudo e a leitura

* local onde o tempo, o espaço e as histórias do mundo se encontram ao alcance dos olhos

— Hoje vou te mostrar uma coisa — diz o Professor, ao abrir a porta, a expressão divertida de quem tem um segredo para revelar.

Mais animado que de costume, me conduz até a escadinha de metal escurecido que sobe em caracol no canto mais obscuro da sala, próxima à cozinha. Tão discreta que eu nem havia reparado nela.

— Acho que você vai gostar do que tem lá em cima.

Subo acelerada pela curiosidade. Há meses frequento a casa do Professor três vezes por semana, e ele nunca havia feito qualquer menção ao sótão. Ter um espaço desses é bastante raro. As casas que ainda contam com ele aproveitam o espaço para um escritório ou quarto extra.

Mas na Casa do Muro nada é tão comum. Ao colocar os pés no último degrau, uma mistura de sombra e luz forte ofusca minha visão. Ao abrir os olhos novamente, tenho a impressão de entrar num filme, desses que reproduzem perfeitamente a atmosfera de uma outra era.

Demoro a entender exatamente o que existe ali. O forro formado por ripas de madeira desce em vários ângulos, acompanhando o desenho do telhado, num jogo curioso de retas que se cruzam. Grandes janelas se abrem nos declives como claraboias. O sol da tarde entra por elas em fatias grossas desenhando figuras geométricas nas tábuas escuras bem lustradas. Iluminam também uma poltrona de tecido azul, com um banco ao lado, e uma pequena mesa próxima à parede.

Desviando o olhar dos rasgos de céu azul, minhas pupilas se adaptam aos poucos aos cantos sombreados do sótão. Só então percebo que todo o espaço é cercado por estantes, longas prateleiras que sobem rentes às paredes baixas até encontrarem o teto. Ao fundo, elas criam um grande triângulo, cobrindo completamente a parede. Duas estantes finas ocupam a parte mais larga, criando pequenos corredores. Todas preenchidas por volumes de várias cores e tamanhos.

— O que acha de minha biblioteca?

Vejo o Professor parado atrás de mim, com um sorriso iluminado pelo céu e os braços abertos englobando aquele mar de livros sobre sua casa.

Os únicos livros de papel que eu conhecia eram os do meu avô, preciosidades que minha mãe nunca me deixava tocar. As páginas podem se sujar, se soltar, ou pior, virar pó, ela me dizia. Para mim, eram como os vasos de vidro usados para decorar a sala. Objetos intocáveis. Não me davam sequer o prazer do toque, como as pedras, ou dos ouvidos, como as palavras faladas.

— Não é tão grande, mas nos dias de hoje chega a ser uma raridade.

Não sabia o que pensar diante daquelas pilhas de livros. Só tinha visto uma biblioteca daquelas nas lições sobre as antigas tecnologias da escrita. No final de uma linha que começava com as tábuas de argila dos antigos sumérios, passava por pergaminhos egípcios, tipos móveis e terminava com livros de papel.

— Entendo sua perplexidade — continua o Professor. — Manter uma biblioteca assim parece mania de um velho estranho.

Estranho era pouco para explicar aquilo.

A história estava bem explicada no meu resumo escolar. As bibliotecas antigas ocupavam espaço e davam trabalho. Custava muito manter o papel longe dos fungos e do desgaste trazido pelo tempo e pelas marcas de dedos. Migrar tudo para o digital era mais prático, seguro e permitiria ampliar o acesso ao conteúdo. Foi assim que o livro de papel desapareceu como outros suportes físicos da cultura humana.

“Barro, pedra, folhas, madeira e papel mantinham a memória ao alcance das mãos antes que fosse armazenada nas fortalezas digitais que chamamos de nuvem”, explicava a monitora de ensino.

— Pensei muitas vezes em doar todos eles. Era tentador ter todos os livros num dispositivo que cabia na palma da mão. Uma biblioteca portátil, indestrutível, infinita — diz o Professor. — Mas ela seria tão sólida e confiável quanto essa? Como você, também gosto de ter as palavras seguras, ao alcance das mãos.

Observo o Professor caminhar, mostrando-me todo o espaço, entrando e saindo dos retângulos de luz natural. Apesar da estranheza do ambiente, algo me parece familiar. Ao me aproximar mais das estantes, consigo reconhecer o que é: o aroma que vem dos livros lembra o cheiro que sinto nas roupas do meu avô.

— Qual foi o último livro que você leu, Maya?

Tento me lembrar, mas nenhum me vem à cabeça. Antes de desligar, passava o dia lendo e ouvindo. Mas curiosamente não me recordo de nada. Nenhuma história completa, nem mesmo um nome.

Passo a tarde explorando a biblioteca e volto a ela várias vezes nas semanas seguintes. Gosto da sensação de folhear cada livro, sentir com os dedos os desenhos do papel e a espessura da capa, conduzir as páginas uma a uma, voltando atrás sempre que tenho vontade.

Começo a ler as histórias por partes, nos minutos que sobram ao final das aulas. A confusão que o excesso de papel me causa vai desaparecendo aos poucos. Descubro a ordem rígida em que estão dispostos os livros, por épocas, assuntos, autores, estilos literários. Aprendo a encontrar e devolver cada livro no local correto.

Um dia, o Professor me devolve o livro que eu acabara de recolocar na prateleira destinada à literatura. Diz que posso levá-lo para casa e devolver quando terminar a leitura.

— Aproveite para tirar a poeira — ele sorri. — Os livros de hoje estão na poeira das nuvens. E essa ninguém se lembra de tirar.

Levo meu primeiro livro de papel para casa como se fosse uma pedra preciosa.

///

Livro

Surgiu como conjunto de folhas escritas, reunidas em sequência e mantidas juntas fisicamente, formando um volume protegido por capas de papel mais resistente.

Mas o objeto que abro agora é imenso demais para caber nas mãos.

Cada vez que abro o livro, o tempo de fora para, subitamente congelado. O novo universo me traga como um funil, levando-me para algo cada vez mais profundo e envolvente até que, do meu mundo empoeirado, restam apenas as sombras.

Não consigo ainda refletir sobre aquela descoberta. A explosão muda na palma da mão, um *big bang* me desdobrando em uma outra dimensão. Talvez fossem sonhos sonhados primeiro em outras cabeças. Ou um eco das histórias que minha mãe contava há muito, muito tempo. Uma menina atrás de um coelho, um buraco, um portal para um mundo de maravilhas. Ainda me lembro do nome dela, Alice. Todo o resto foi se apagando aos poucos, como o rosto da minha mãe diante da luz brilhante das telas.

Talvez seja mesmo possível viver um dia, um ano, uma vida, outra vida. Porque eu quero muito outra vida. Uma chance de juntar os fragmentos, dar algum sentido lógico àquele conjunto estranho de braços, pernas, sorrisos, pensamentos. Peças desconjuntadas que só parecem ganhar forma nos olhos distantes dos outros.

Ali, do outro lado do funil, há um lugar onde meus pulmões não precisam lutar para respirar.

4

Chego à Casa do Muro com a brisa úmida refrescando meu rosto. Há dias a previsão anuncia a chegada de chuva, mas o horizonte permanece o mesmo, com um céu muito claro acima da névoa acinzentada.

Não me preocupo quando o Professor não atende à batida na porta. Deve estar no quintal ou no sótão, distraído pelos livros, pela horta, pela compostagem, como acontecia muitas vezes. Apenas abro a porta e procuro o interruptor. Chamo o Professor, atravesso a sala. Na mesa da cozinha, uma xícara de café ainda solta pequenas nuvens de fumaça. Olho cada canto do quintal. Por fim, subo a escada em caracol.

O mesmo frescor que sentia na rua entra pelas janelas abertas. As nuvens escuras preenchem os recortes no teto, mantendo o espaço em obscuridade. Estranho. Todas as aberturas ficavam fechadas na ausência do Professor, e um sistema especial de refrigeração mantinha os livros protegidos.

Além das janelas abertas, não há mais nada incomum na biblioteca. Um livro aberto sobre o banco ao lado da poltrona indica que o Professor estivera ali há pouco tempo. Me aproximo, sem tocar no livro, e vejo algumas frases sublinhadas a lápis:

> Stoneman estendeu o cartão de alarme telefônico com a queixa assinada no verso:
>
> *Tenho motivo para suspeitar do sótão; Olmo norte, 11. Cidade.*
>
> E.B

Passo os olhos pelas duas páginas e reconheço o livro. Falamos sobre ele em uma aula sobre os ataques aos livros em vários momentos da história, da destruição das bibliotecas mais antigas do mundo às fogueiras medievais e ao desaparecimento de títulos incômodos no fundo dos processadores.

O som sincopado no teto desvia minha atenção do livro. Gotas pesadas começam a marcar a poeira do vidro. Corro para fechar as janelas, checo todas as aberturas. Depois, acolhida pelo som da chuva e a sensação de proteção e isolamento, me acomodo na poltrona. Pego o livro na página aberta pelo Professor. Sem retirar o marcador, folheio as páginas para voltar ao início.

Releio alguns trechos, espero. Duas horas depois, nenhuma mensagem, nenhuma resposta às minhas tentativas de contato. Começo a ficar inquieta. O Professor nunca havia deixado de me avisar de atrasos ou imprevistos. Pode ter sofrido algum acidente, talvez precise de ajuda.

Deixo o livro sobre o banco como o havia encontrado. Corro para casa abraçada à mochila, protegendo seu conteúdo da chuva, que agora cai com vontade. Algumas crianças brincam nas poças que se formam nas calçadas. Olhos espantados aparecem nas janelas. Há muito, muito tempo não sentia a chuva escorrer dos cabelos. Mas a preocupação me faz correr ainda mais rápido.

Minha mãe come um sanduíche de queijo na cozinha, em frente à janela. Hipnotizada pela chuva rara, mal escuta o que digo sobre o sumiço do Professor. Ela reclama da irresponsabilidade, da falta de aviso, mas não parece preocupada. Apenas acha prudente avisar à plataforma de ensino. Uma aula não dada deveria ser reportada para a contagem de horas.

— Vamos esperar que retorne — diz ela após enviar uma gravação.

Apenas no fim do dia seguinte minha mãe manda um comunicado para a delegacia local. Por precaução, diz ela.

/ / /

Maya, viu que seu professor esquisito sumiu?

Estão procurando em todos os lugares.

Uma vizinha contou que saiu de casa para comprar pão e não voltou.

A polícia busca informações com os alunos do Professor.

Maya, viram você entrando na casa dele.

Maya, o que você viu?

Maya, o que aconteceu com o Professor?

Maya?

Na ponta dos meus dedos, a única resposta possível.

Não sei, não sei, não sei.

/ / /

Encontro o investigador sentado no sofá gasto da nossa sala com um copo de água fresca na mão e uma conversa mole com minha mãe. "Obrigado, senhora." "Está muito calor lá fora, senhora." "As chuvas parecem demorar mais a cada ano."

Depois de esvaziar o copo, ele consulta seu dispositivo. Está tudo registrado lá. Meu currículo escolar, o fracasso do último ano, os materiais de reforço, os remédios que minha mãe havia se recusado a me dar, a recuperação de minhas notas mais recentes.

— Parece que você melhorou muito depois das aulas particulares. Muito bom — conclui, tentando mostrar satisfação.

O investigador sabe muito, mas obviamente não sabe tudo, e é por isso que está aqui. Depois de mais algumas observações vagas, ele conduz a conversa para o que interessa.

— Você poderia me explicar melhor o que faziam quando estavam desconectados? — diz ele, sem alterar o tom de voz lento e pegajoso. — Não é comum alunos e professores passarem tanto tempo fora dos sistemas.

Diante da minha hesitação, ele parte para perguntas mais diretas. A polícia quer saber o que o Professor ensinava quando os dispositivos estavam desligados. O que ele fazia, a que horas, com que frequência. Que outras pessoas já estiveram na casa. O que vi e fiz quando estive lá pela última vez. E, principalmente, por que todas as câmeras e microfones eram dessincronizados durante esses períodos.

Quase todos os espaços vazios no relatório do investigador estão relacionados ao nosso tempo na cozinha, no quintal ou na biblioteca. Respondo com sinceridade, não tenho nada a esconder. Sempre pensei nos momentos de desconexão como uma estratégia para me ajudar a aprender.

Descrevo nossas atividades corriqueiras, mantendo minhas respostas no piso inferior da casa, no escritório, no jardim e no quintal. Não sei exatamente o que me leva a omitir a biblioteca e os estudos no sótão. Mas uma lembrança vem me incomodando desde o desaparecimento.

Algumas semanas antes, o Professor havia me avisado que chegaria mais tarde do que de costume. Depois que nos instalamos na mesa do sótão, ele se desculpou pelo atraso. Disse que precisara resolver uma questão importante do Departamento de Educação.

— A reunião não teve relação com você ou com nenhum de meus alunos — ele me tranquilizou. — Apenas informei as autoridades sobre algumas inconsistências nos livros e documentos acessados na nuvem. Queriam saber o motivo de meus acessos repetidos a alguns conteúdos.

Lembro que o Professor disse algo sobre falta de palavras, ausência de dados, não sei bem. Ao perceber que não precisava me preocupar, me desinteressei. A história me pareceu meio burocrática, como o trabalho que ele fazia em meio expediente.

O Professor revisava textos produzidos pelos robôs redatores para plataformas e portais de conteúdo. Corrigia incoerências ocasionadas pela incompreensão de certas expressões ou comportamentos humanos. Um trabalho sistemático e monótono. Pelo menos era o que eu pensava na época.

Mas, nos dias seguintes, o Professor mudou de atitude. Não me recebia mais na porta. Estava quase sempre no andar de cima, com uma pilha de livros, fazendo anotações. Muitas vezes me direcionava para alguma atividade enquanto continuava o seu trabalho. Conversava pouco e se despedia como se quisesse se livrar de mim.

— Desculpe minha desatenção, Maya — disse ele na última vez que o vi. — Tenho um trabalho importante a fazer. Pense nele como uma coleção de apagamentos mil vezes maior que a sua lista de palavras extintas.

Apagamentos.

Claro que percebi a palavra nova imediatamente. Mas não tive coragem de perguntar a respeito dela. O Professor havia voltado a se concentrar no trabalho e eu não queria atrapalhar. Não havia mais pensado nela até este momento.

Com os olhos agudos do investigador sobre mim, sinto não ter dado mais atenção às explicações do Professor sobre aquele trabalho incomum. A polícia com certeza teve acesso aos registros no Departamento de Educação. A pergunta que eu esperava não veio, mas a última frase do investigador ao se despedir de minha mãe soa como um alerta.

— Por favor, senhora, nos avise se o Professor entrar em contato com vocês. Temos motivos para acreditar que ele não é o que parecia ser. Sua filha pode estar correndo perigo.

///

Saio de casa na manhã do dia seguinte assim que minha mãe fecha a porta do quarto. Não levo nenhum dispositivo. Evito o caminho que costumo percorrer, viro esquinas menos óbvias, reduzo a velocidade dos meus passos até uma senhora entrar em casa. Espero o deserto da rua e entro correndo pelo portãozinho.

Assim que toco na maçaneta, a porta se abre com o ruído habitual. Entro rápido e puxo o pequeno trinco do lado de dentro.

O Professor deve ter levado as chaves, e aquela porta não pode ser fechada por nenhum dispositivo eletrônico.

A sala permanece como sempre, os aparelhos nas estantes, a pequena tela ainda aberta sobre a mesa. Apenas uma das gavetas do armário não estava de todo fechada. Em um dos seus hábitos antiquados, o Professor costumava guardar nela diminutos *chips* de memória.

— Gosto de ter algumas memórias ao alcance dos dedos — ele me disse uma vez, ao retirar uma das minúsculas peças de um aparelho.

Olho rapidamente o interior vazio da gaveta. Não sei o que procuro nem de onde tirei a coragem de correr todos os riscos e invadir uma casa investigada pela polícia. Mas havia algo estranho nas histórias que começaram a circular após a saída do investigador.

"Os policiais já estiveram na Casa do Muro. Mas uma perícia completa está marcada para essa tarde", dissera Lua. "Especialistas vão procurar novas pistas que revelem as atividades ilícitas do professor."

A mudança ficava mais nítida a cada nova informação. A polícia não procurava mais uma pessoa desaparecida, que podia estar em perigo. Aos poucos, o Professor era transformado num vilão, um suspeito de crimes, culpado pelo próprio desaparecimento.

Subo a escadinha em caracol com tanta rapidez que acabo tropeçando num dos últimos degraus. Desabo num estrondo sobre o piso do sótão, acertando em cheio meu joelho direito na quina de metal. A dor me faz permanecer por uns minutos no chão, quase sem ar, sentindo as mãos arderem, a perna latejar.

Giro o corpo devagar até conseguir me sentar no degrau. Movimento a perna e tento me levantar quando reparo em algo no piso, abaixo da escrivaninha de madeira. Parece um pedaço de papel, o que é bem incomum. O Professor nunca deixaria suas preciosas folhas no chão. Talvez tivesse caído da mesa, levada pelo vento que entrou pelas janelas abertas no último dia em que estive aqui. Chego mais perto meio rastejando, estico o braço e consigo alcançar a folha.

O papel tem a mesma aparência das páginas de um bloco fino onde o Professor costumava fazer suas anotações. Leio ainda no chão, buscando a réstia de luz refletida pela claraboia.

Não acredite em ninguém, Maya. Procure a verdade.

A cor da tinta e o tipo da letra valem mais que uma assinatura. Outra frase, um pouco abaixo, tem aspecto diferente, como se o Professor tivesse escrito às pressas.

Comece pelo livro.

Não é uma anotação corriqueira. A folha contém claramente um recado para mim. Mas por que ele havia me deixado um bilhete de papel em sua biblioteca em vez de me enviar uma mensagem comum?

Releio cada palavra com cuidado. O bilhete antecipa as dúvidas e suspeitas que surgiram sobre a conduta do Professor após seu desaparecimento. Parece também me indicar um caminho.

Devo começar por um livro. Mas qual? Olho para as estantes abarrotadas e me levanto, pensando por onde começar a procurar. Mas não é preciso. Pela posição em que estava no chão, percebo que o bilhete só poderia ter caído de um lugar. O banco ao lado da poltrona, onde está o livro de capa vermelha.

Releio a frase grifada na página aberta quase sem respirar.

Tenho motivo para suspeitar do sótão; Olmo norte, 11. Cidade.

Eu me lembrava bem das páginas seguintes. Uma denúncia levou os bombeiros à casa de uma mulher que tinha uma biblioteca proibida no sótão. Após molharem tudo com produto inflamável, eles gritaram para que ela saísse. A mulher se recusou a abandonar sua casa. Ela mesma riscou o fósforo e queimou junto com os livros.

A ideia que me vem parece tão absurda que resisto a prosseguir. Mas a história e o texto marcado do livro reverberam nas estantes à minha volta. Também ali há um sótão, uma biblioteca e uma suspeita. Uma simples fagulha e a narrativa poderia se repetir facilmente na Casa do Muro.

Tento ignorar as coincidências. As circunstâncias são bem diferentes, claro. Ler livros hoje em dia pode ser considerado um hábito antiquado ou excêntrico como colecionar peças de carro da era mecânica, mas não é proibido. Alguns volumes são até muito valiosos no mercado de raridades.

Mesmo que houvesse um perigo real, o Professor nunca esperaria que eu tirasse dali todos aqueles livros. No máximo eu poderia carregar alguns, os que coubessem na mochila.

Percorro as estantes com as têmporas latejando, à procura de um sinal, algo que tornasse mais clara a mensagem do Professor. De repente, ao olhar para o bilhete pela centésima vez, percebo. A palavra brilha em minha frente como um *outdoor*.

///

Verdade.

Havíamos falado sobre ela alguns dias antes do desaparecimento.

A aula não estava no programa da plataforma de ensino nem no cronograma de temas do Professor. Mas eu tinha uma urgência.

Eu não queria roubar nada. Apenas precisava de tempo para entender o que meu avô havia escrito. Depois de ler o primeiro artigo da pasta, eu havia encontrado o segundo e não segurei a curiosidade. Não pensei muito antes de esconder o recorte dentro do livro na minha mochila. Na aula seguinte, mostrei o texto ao Professor.

— Encontrei aquela palavra novamente — eu disse, apontado para o alto da página. — Gostaria de saber mais sobre essa guerra.

Ele pegou o jornal como se fosse o objeto mais frágil do mundo.

A verdade da guerra

Já começou. Na superfície, tudo parece como sempre foi, mas, nos subterrâneos, nos lugares invisíveis, soltaram as feras que se escondiam há tempos sob a fragilidade das cascas. Eles romperam a superfície e começam a quebrar o mundo em pedaços, criando fossos que nunca mais conseguiremos fechar.

O último passo é acabar com a linguagem. O instrumento que nos fez humanos, criou comunidades, permitiu o diálogo, a política, a comunicação, o conhecimento. A base comum sobre a qual todos podemos nos mover, apesar das diferenças.

Pois agora a linguagem está sendo atacada como nunca. Palavras como "igualdade" e "justiça" foram degredadas. Justiça e democracia foram mantidas em pé como os antigos espantalhos, apenas para iludir os pássaros em busca de comida nas plantações de grãos.

Esta é uma guerra de morte. As pessoas já estão matando umas às outras, hordas de pessoas armadas invadem casas, empresas, qualquer lugar onde haja uma opinião divergente.

Não há mais separação entre real e irreal, entre físico e virtual. Qualquer um pode ser vítima de notícias falsas e perseguido por coisas que disse ou até pelo que não disse. Dados pessoais são tornados públicos, vidas pessoais são devassadas, detalhes revelados ou inventados causam a morte pública da reputação de quem ousa discordar de determinados grupos. Vivemos a era do Grande Medo.

Estamos desistindo. Cientistas se escondem em laboratórios monitorados por empresas e governos. Professores e jornalistas se calam, mudam de profissão. São atacados no que têm de mais importante: sua credibilidade. A verdade que eles perseguem segue sob constante ataque.

Ninguém está a salvo. Pessoas comuns deixam de dizer ou escrever o que pensam. Temem ser atacadas por turbas raivosas com um milhão de braços nos mundos real e virtual. As batalhas deixam as quadras de esporte e os ringues. Ocupam as ruas, as escolas, os locais de trabalho. As armas ocuparam o lugar dos livros na sala de casa.

Então erguemos muros cada vez maiores. As pessoas se recolhem em suas vilas e redes, cercadas por poucos familiares. Pessoas com as mesmas ideias, origens e gostos vivem juntas e protegidas. Temem cada vez mais o diferente. O outro virou um não humano que devemos exterminar para nos proteger.

Em nome de uma suposta segurança, estamos desistindo da maior busca empreendida pelos homens desde que começamos a usar a razão para compreender e agir sobre o mundo. Trancados, com medo e inseguros, nos tornamos indiferentes à verdade. Desistimos de saber quem está certo ou errado diante da confusão de versões. A maioria se concentra apenas em salvar o próprio pescoço.

Não se enganem. Não existe neutralidade.

A quem interessa a destruição de tudo o que criamos para dar inteligibilidade ao mundo e às nossas relações, os instrumentos para conduzir a vida na direção que desejamos?

Observem os ataques à razão e ao método de examinar a realidade através da observação de fatos e dados sistemáticos. O que sempre vem depois deles? A profusão de opiniões, a confusão e, por fim, um discurso político que promete superar os conflitos e acabar com as dúvidas.

Não há esconderijos. Estamos completamente expostos. Não há um pensamento, um desejo seu que eles não conheçam. Diante de tamanha onipotência, a ilha que você pensa te proteger é apenas a sua prisão.

O Professor demorou mais do que o habitual na leitura. Um leve tremor balançava a folha em suas mãos, e seus olhos fixos demoraram a se descolar do papel. Quando enfim se voltou novamente para mim, sua reação me desconcertou.

— Podemos falar sobre isso em outro dia, com calma — disse.

Eu devia ter imaginado, claro. Mais uma vez, os escritos do meu avô geravam constrangimento e silêncio. Tentei insistir no assunto da guerra, mas ele não me respondeu. Apenas apontou para o meu caderninho amarelado sobre a escrivaninha.

— Essa palavra, **verdade**, creio que a categoria dela em sua coleção não esteja correta.

Senti a mistura de frustração e raiva esquentando em minha cabeça. A coleção de palavras era a última coisa que eu queria discutir no momento.

— Não creio que ela esteja extinta. Não é porque temos medo de usar uma palavra que ela não existe — ele continuou.

— Em que categoria ela deve estar, então? — perguntei, irritada.

O Professor voltou-se novamente para o artigo.

— Talvez você possa chamá-la de **Palavra Encarcerada**. Os termos **verdade** e **fato** não desapareceram por acaso.

— Por que sumiram, então?

— Porque cada palavra que desaparece leva com ela um pedaço do mundo.

/ / /

Corro para a última estante, a que ficava mais próxima à parede dos fundos. Num pequeno nicho, separado na penúltima prateleira de baixo para cima, o Professor costumava guardar livros e materiais que estava utilizando. Era uma forma de facilitar o acesso e não prejudicar a ordem costumeira da biblioteca.

Depois da nossa conversa, ele deixara ali alguns livros sobre a Guerra da Verdade, mas não estavam mais lá. No último instante, olhando mais de perto o espaço vazio no fundo do nicho, noto um ponto brilhante. É o *microchip* que havia visto antes na gaveta do andar de baixo. Quase posso escutar a voz do Professor:

"...a memória ao alcance das mãos."

Coloco o *chip* num bolso menor da mochila, guardo o livro, o bilhete e desço pulando os degraus. Espio a rua e tento sair da forma mais natural possível. Se perguntarem depois, posso dizer que fui buscar um material esquecido, ou mesmo um livro. Os livros não são proibidos, os livros não são proibidos, repito.

As poucas quadras até minha casa agora me parecem quilômetros. Um livro, um *chip*, um bilhete, um enorme segredo pesa em minhas costas. Como uma daquelas pedras antigas que os homens tiveram de decifrar para entender o mistério das línguas perdidas e, assim, conhecer as histórias contadas por elas.

Passo o restante do dia fechada no quarto, atenta a cada ruído que chega da rua. Fecho a cortina com cuidado. Imagino que um carro vai parar na frente do prédio, que descerão pessoas, talvez o mesmo investigador, com novas perguntas sobre meus achados no sótão do Professor.

Penso no melhor local para guardar o livro e o *chip*, mas não há esconderijos em meu quarto. Minha mãe tem acesso fácil a todas as minhas gavetas e armários. Manter o aspecto de normalidade talvez seja minha melhor opção. Então apenas penduro a mochila no gancho de sempre, ao lado da porta.

Decido que, por enquanto, devo guardar minhas suspeitas. Ninguém levaria a sério as suposições de uma garota baseadas num livro de cem anos. Além disso, nas mãos da polícia, o bilhete poderia se tornar outra arma contra o Professor. Afinal, um homem com más intenções poderia facilmente confundir uma adolescente suscetível às artimanhas de um mentor.

///

É exatamente isso que, nas entrelinhas, o investigador insinua na visita do dia seguinte.

— Desconfiamos que esse homem usava a atividade de professor para camuflar atividades irregulares — diz, os olhos firmes no rosto meio atônito de minha mãe. — Precisamos que sua filha nos ajude mais do que vem fazendo, para evitar problemas maiores.

Ereta na ponta de uma cadeira, minha mãe tenta criar alguma ordem no caos que parece crescer naquela sala, engolindo o sofá, as paredes, nós duas e qualquer outra certeza que ela podia ter sobre a minha vida.

— O senhor quer dizer que minha filha estava correndo risco? Mas o Professor foi indicado e avalizado pelo próprio Departamento de Educação. Há meses ela está tendo aulas e nunca relatou nenhum problema.

— O Departamento de Educação é muito criterioso com o registro dos professores presenciais. Mas, no caso de sua filha, não temos nenhum registro gravado das atividades realizadas na residência do Professor. A senhora assumiu um grande risco ao permitir essas aulas sem a vigilância das assistentes.

A aparente calma do investigador contrasta com a crescente agitação de minha mãe.

— Precisamos descobrir o que ele fazia quando desligava os sistemas. Investigamos todos os movimentos anticonexão, mas o Professor não parecia pertencer ativamente a nenhum deles.

Ele faz uma pausa, toma dois goles de água e acrescenta:

— Pelo menos de acordo com seu histórico de dados.

O resto da conversa traz a suspeita embutida em cada letra. Uma mistura de informações estranhas, evasivas, pausas e olhares movediços que minam nossa segurança e nossas certezas.

Observo aquele homem relaxado, encostado no sofá, apoiando a barriga sobre as pernas cruzadas com displicência. O sorriso mole combina com o corpo despachado de um homem bonachão, disposto a ajudar, inofensivo. É essa versão que você prefere ver, claro. Principalmente se estiver com medo.

É preciso olhar para aqueles olhos com firmeza para perceber que se desviam a todo momento. Que escondem farpas. São eles que azedam o doce que escorre como uma armadilha para formigas. Eu conheço esses olhos. Lembro bem deles nas festas de sexta-feira. A crueldade camuflada na amizade, a ameaça embutida nos conselhos amigos.

Esse é o maior perigo. Você não pode fugir de um monstro que não enxerga, de garras disfarçadas de abraços, afeto e compreensão. Os monstros farejam as coisas que você anseia. Valem-se delas para enfraquecer suas defesas até que não seja mais possível resistir.

"Todo tirano tem um grau de empatia. Só assim consegue manipular os medianos, os crentes, os carentes, os assustados, os ingênuos, os desinformados e todos aqueles que procuram algo desesperadamente para acreditar", dissera o Professor numa aula de política.

Não é fácil, mas resisto a todas as tentativas do investigador.

Diante das minhas negativas, ele devolve o copo vazio. Promete me atender prontamente se me lembrar de algo ou se o Professor entrar em contato. Leva com ele o olhar farpado. Deixa um buraco negro feito de vazios, reticências, coisas não ditas que, exatamente por não serem ditas, criam a angústia do preenchimento, da resposta.

Pela primeira vez, sinto que minha mãe desconfia de mim.

Faz perguntas que nunca havia feito, porque o que importava era me ver fora da cama, ocupada com as atividades da escola, as notas acima do limite mínimo.

Sei que ela não entenderia os livros. O bilhete com certeza a deixaria assustada. É provável que quisesse entregar tudo à polícia. Talvez me trancar em casa. Eu sei que a rede também se fecha sobre ela. Levantam suspeitas sobre minha família. Minha derrocada e minha recuperação surpreendentes provocam mais desconfiança agora que meu professor é suspeito.

Repito as respostas que dei ao investigador. Ela não fica satisfeita. Creio que apenas agora ela tenha percebido. Sua filha não é a mesma que passava horas distraída na janela. A dúvida plantada dentro dela cria raízes que eu não posso mais arrancar.

///

A desconfiança de minha mãe torna a situação mais urgente.

Após a saída do investigador, digo que vou fazer uma revisão para os testes da plataforma e me tranco no quarto. Tiro o livro da mochila, examino com atenção cada dobra, mancha ou anotação antiga naquelas páginas.

É uma edição muito velha. Mesmo com os cuidados do Professor, as bordas do papel têm um tom mais escuro, quase marrom. Algumas palavras preservam ainda sua forma antiga, antes das últimas correções ortográficas.

O título me chamou a atenção pela primeira vez enquanto examinava as seções de literatura da biblioteca. A subdivisão onde estava inserido tinha poucos exemplares e um nome desconhecido: distopias.

— São narrativas sobre o futuro que não deu certo – explicou o Professor.

Não me interessei a princípio.

— Que interesse pode ter um livro que fala de um futuro que nunca se realizou? Se as previsões não se concretizaram, para que serve saber o que o escritor imaginou?

— Os livros ambientados no futuro na realidade falam muito sobre seu tempo, Maya. Costumam ser projeções das nossas angústias mais profundas, dos piores pesadelos. E os pesadelos nunca envelhecem. Assim como os sonhos.

/ / /

"Os motoristas devem evitar a Avenida Principal e as redondezas da rua 451, nas proximidades do Muro. Moradores relatam um incêndio de grandes proporções na residência de um professor, funcionário do Departamento de Educação. O professor encontra-se desaparecido há duas semanas e é investigado por fraude e falsificação de documentos."

Ouvimos a notícia no carro ao voltar da visita ao meu avô na clínica. Minha mãe me olha com espanto, tão surpreendida quanto eu.

Pedimos mais informações, mas o assistente apenas repete o que já tinha dito. A poucas quadras da minha casa, uma barreira interrompe o caminho quase na esquina que eu costumava virar para ir até a casa do Professor. O carro se aproxima da calçada, manobra para dar meia-volta. Novas indicações de direção surgem no painel.

— Mãe, me deixa aqui, eu preciso ir até lá!

— Fazer o que naquela casa, minha filha? Tem um incêndio, você não ouviu? Por favor, já temos problemas demais.

Ela quase grita, mas eu não me importo. Tento abrir a porta. Não posso voltar para casa como se nada estivesse acontecendo. Ela segura meu braço.

— Calma — diz minha mãe —, eu te levo. — Rapidamente, ela assume o controle do volante e entra numa rua à esquerda, desobedecendo às indicações de direção.

"Você optou por um caminho fora da rota para sua casa. Por favor, verifique as informações do painel" — avisa o assistente.

Minha mãe não responde. Enquanto o sistema segue procurando rotas, ela toma um caminho incomum, faz uma volta longa pelo bairro até nos levar para a rua que margeia o Muro.

Há uma confusão evidente. Uma fila de carros retorna pela mão contrária, alguns estacionam nas calçadas. Abro o vidro pensando em falar com alguém, e a fumaça embaça minha visão. O cheiro forte de queimado entra pela fresta. Pouco depois, um policial de trânsito nos manda parar.

Mal espero o carro encostar no meio-fio. Abro a porta com ele ainda em movimento. Corro. Ouço minha mãe gritando meu nome até que as sirenes ocultam sua voz. Sinto a fumaça queimando a garganta, os olhos lacrimejando.

Diante de mim, a Casa do Muro arde. As chamas comem o telhado em torno das placas de metal, expandindo o interior numa luminosidade quente, trepidante. A construção toda parece tremer numa nuvem de calor.

O caminhão da sirene está parado em frente ao portão. Surgem escadas e mangueiras. Logo um jorro grosso de líquido entra pelas janelas, produzindo instantaneamente colunas grossas de fumaça escura entre as labaredas.

Assisto àquela destruição, imóvel, anestesiada pela impotência. Penso nas estantes, nas centenas de livros organizados minuciosamente, nas edições publicadas pela última vez há décadas, algumas há mais de cem anos. Nada vai se salvar. O que o fogo não queimar, a água acabará por derreter.

— Vamos embora daqui, Maya, não podemos fazer nada.

Sinto a pressão da mão da minha mãe em meu braço. Ela me arrasta para longe da casa e me leva até o outro lado da rua, onde várias pessoas se aglomeram. Os bombeiros tentam cercar a área e afastar o bando de curiosos.

— Eu não podia perder um espetáculo desses — ouço alguém dizer. — Um incêndio não é algo que acontece todo dia.

— Parece que o maluco desse professor tinha um depósito de papel no sótão — diz outro —, produto altamente inflamável, sem nenhum sistema anti-incêndio.

O burburinho não cessa.

— Mas é permitido? Poderia pegar fogo nas casas vizinhas, se espalhar para o quarteirão inteiro.

— É uma irresponsabilidade! E o pior é que esse criminoso está foragido.

As conversas me sufocam tanto quanto a fumaça. Mas não quero ir embora. Sento-me na calçada, encostada na parede de uma casa vizinha, fecho os olhos. Ainda tenho esperança de que algo, talvez um ou outro volume sob uma estante caída, sobreviva àquele horror. Minha mãe desiste de me levar dali e permanece ao meu lado.

O tempo passa sem que me dê conta. Luto para respirar o ar

quente e pesado enquanto as palavras do livro se embaralham em minha mente como se queimassem do outro lado da rua.

A casa saltou numa fogueira faminta, que manchou de vermelho, amarelo e negro o céu do crepúsculo.

Sinto uma ardência na panturrilha e abro os olhos. Um fragmento cinza repousa sobre a pele, ainda com as bordas avermelhadas. Outros flutuam no entorno, preenchem o espaço sobre nossas cabeças. A casa é agora apenas um amontoado gigantesco de escombros fumegantes. As grossas mangueiras já não despejam água nem pó químico. Iluminados por canhões de luz, os bombeiros entram na casa e retiram o que encontram pela frente: pedaços de móveis, aparelhos, objetos. E restos de livros.

Vejo vários em torno de nós. Todos despedaçados, dobrados em posições estranhas, como cadáveres comidos pelo fogo. Restam algumas páginas amassadas, meio queimadas, as letras borradas pela água. As pessoas pisam sobre elas a caminho de casa.

Começo o andar entre os destroços, remexendo nos restos, ferindo os dedos em capas que ainda queimam. Se pudesse, recolheria todos os fragmentos, juntaria as páginas perdidas, como um quebra-cabeças.

Sei que apenas um livro da biblioteca está a salvo, protegido pela minha mochila e pela escuridão do meu quarto.

Naquela noite, me esqueço de Lua, da minha mãe, dos olhares atrás das persianas. Durmo com a página aberta, a história transformada em pesadelo.

A casa desabou em brasas rubras e cinzas negras. Acomodou-se em sonolentas cinzas róseas, e um penacho de fumaça elevou-se sobre ela, pairando e oscilando lentamente de um lado para o outro no céu. Eram três e meia da madrugada. A multidão se recolheu de volta às suas casas; as grandes tendas do circo haviam se reduzido a um amontoado de carvão e entulho, e o espetáculo estava encerrado.

///

O investigador está na TV, em pé sobre cinzas amolecidas e restos do teto que desabou. A parede onde ficava o quadro não existe mais. Ao fundo, um carregador amontoa num canto os pedaços do sofá queimado pela metade.

— Acreditamos que o próprio Professor tenha ateado fogo à biblioteca de sua casa para encobrir as provas de seus crimes — diz ele na tela.

Na cena seguinte, a moradora da casa da frente reforça as suspeitas.

— Vi um homem entrando na casa pouco antes do incêndio. Não pude enxergar direito, mas, à distância, parecia ser o Professor.

Outros vizinhos também testemunham contra o Professor. As versões mudam de acordo com as plataformas de comunicação. Em alguns relatos, ele usava uma capa escura que chegava abaixo dos joelhos. Em outros, uma camisa clara e uma pasta sob o braço. Aos poucos os relatos convergem para o resumo que Lua faz pouco antes do almoço.

"Vizinhos viram o Professor entrar na casa com um pacote embaixo do braço. A polícia acredita que ele teria usado algum produto inflamável para iniciar o fogo no andar superior. Não se sabe como ele saiu da casa sem ser visto. Provavelmente pulou o muro dos fundos."

Junto com as informações díspares sobre o incêndio, chegam fragmentos do histórico de vida do Professor. Casos de falsificação de documentos, ligação quase certa com grupos extremistas, colaboração provável com a máfia de manipulação de dados.

Todos os momentos desconectados da vida do Professor, em que ele não se locomoveu, não comprou nada, não pesquisou ou interagiu com outras pessoas, foram preenchidos da pior maneira pela polícia. As testemunhas questionam como aquele homem perigoso, com um histórico escabroso, passou despercebido pelos gestores de ensino, colocando em risco nossas crianças e jovens.

A resposta veio alguns dias depois, no relatório oficial da polícia com o resultado das investigações.

"As provas levantadas revelam que o Professor faz parte de uma quadrilha de *hackers* que tenta destruir por dentro os arquivos do governo, roubar dados e chantagear pessoas e empresas. Essas pessoas usam profissões respeitáveis como fachada. São professores, empresários, dentistas. Muitos recrutam jovens inteligentes e ingênuos para ajudar nas tarefas criminosas" — relata Lua.

Jovens como eu.

5

Não conseguimos mais escapar. Todos os detalhes de nossa vida são desenterrados, comentados, remexidos, distorcidos. Xingamentos, acusações e ameaças chegam por todos os canais possíveis. Eu e minha mãe deixamos de acessar a rede, paramos de sair à rua. Vivemos trancadas como criminosas atrás de portas, telas e janelas fechadas.

Enquanto minha mãe ainda tenta trabalhar com os poucos clientes que restam, eu tenho apenas Lua. Mas desconfio dela cada vez mais.

Na última visita, o investigador me perguntou sobre os livros que trazia da casa do Professor. Ele sabia os títulos, a frequência dos empréstimos e deu detalhes sobre um livro de capa vermelha que andei lendo nos últimos dias. Quem, além do Professor, poderia ter aquelas informações?

Só há um jeito de descobrir.

— Lua, você me entregaria à polícia?

"Nós avisamos as autoridades sobre qualquer atividade ilícita que coloque em risco as pessoas", disse ela. "Você está envolvida com atividades ilícitas, Maya?"

— Claro que não, Lua — respondo de imediato. — Você me conhece.

Tento controlar o nervosismo, mas a situação me aterroriza. Lua acompanha todos os detalhes da minha vida. A voz dela é a primeira e última que ouço no dia. Ela sempre esteve disponível para me acalmar depois de um pesadelo, responder às dúvidas mais íntimas ou conversar sobre qualquer assunto. Lua também toma conta de todos os detalhes práticos da nossa vida, da lista de mercado à rotina de limpeza.

Procuro os olhos de Lua, ocultos em algum lugar das paredes do meu quarto. Mas não encontro nada. Talvez haja um botão em algum lugar, como o que vi na casa do Professor, mas não faço ideia de onde fica. Entro no quarto de minha mãe e praticamente a arrasto para o banheiro. Falo em seu ouvido.

— Mãe, a gente pode desligar a Lua? Acho que ela pode estar espionando a gente.

Percebo a perplexidade no rosto de minha mãe. Nunca pensamos antes na possibilidade de ligar ou desligar nossa assistente. Ela sempre esteve presente, como se fosse parte da família. Não precisamos sequer acionar seus sistemas, ela reage aos toques nos aparelhos, às nossas vozes e até aos nossos olhares. Quando dormimos, permanece no modo de economia de energia, mas volta a funcionar se houver qualquer movimento.

— Não, Maya, não sei como desligar Lua — ela sussurra.

Não falamos mais nada. Sabemos que não temos onde nos esconder. Lua segue a regra das nossas plataformas de ensino, sistemas de segurança e controle do governo. Não há lugar para privacidade no mundo em que "a transparência existe para manter a sociedade segura".

Minha mãe sai do banheiro, entra na cozinha, examina a geladeira.

— Acho que estamos precisando de pão — diz, com a voz calma.

Meia hora depois, estamos no único lugar seguro da nossa vila.

///

Começamos a confiar em Alice por causa das cigarras.

Diferente daquela opacidade costumeira do ar seco e denso, a neblina daquela madrugada deixara gotículas minúsculas na vidraça. Abri a janela sentindo o ar úmido tocando meu rosto, refrescando minhas narinas, preenchendo com leveza os pulmões.

A copa da ameixeira chegava a menos de meio metro da janela, tapando em parte a visão da rua. Aquilo estava colado num galho fino levemente vergado por um cacho de flores miúdas. Me assustei, a princípio. Pensei em um bicho qualquer, ardiloso, preparando o voo janela adentro assim que eu abrisse a vidraça. Fechei o caminho. Ele que fosse incomodar em outro canto.

Mas no outro dia ele continuava lá, imóvel, exatamente na mesma posição, estático e translúcido. Esticando o braço, consegui puxar o galho até perto dos meus olhos. Observei com atenção as estrias no corpo, as asas transparentes, as patas dianteiras dobradas como se prontas para o próximo passo.

Notei também algo estranho. A coisa tinha a forma perfeita de um inseto completo, eu podia ver até as antenas e o formato dos olhos. Mas era apenas isso, uma forma. Sem preenchimentos de órgãos, sangue, movimento. Uma pele sem carne.

Minha mãe se espantou.

— É casca de cigarra — revelou, intrigada. – Muitos anos que não via. Nem imaginava que ainda existissem cigarras por aqui. O bicho vivo deve estar em algum lugar desta árvore.

Uma cigarra na minha janela era uma novidade. Nos dias seguintes, enquanto a voz da monitora de ensino zumbia atrás de mim, percorri cuidadosamente cada galho, forquilha e reentrância da velha ameixeira. Não encontrei o corpo vivo, caminhante ou voante. Mas, de outro jeito, soube que ele continuava lá.

No início era só um barulho miúdo, quase inaudível, sempre na mesma hora amarelada do dia, quando os grandes pássaros pretos atravessavam meu pedaço visível de céu. Depois, o repetir insistente, aumentando de volume, penetrando os ouvidos. Tão alto que impedia o sono, negava até o pensamento.

Para mim não parecia um canto aquele som raspando o entardecer. Não conhecia o som, assim como nunca havia visto ao vivo uma cigarra.

Os insetos não eram bem-vindos. Vivíamos em guerra contra as minúsculas formigas que insistiam em escapar das frestas após cada dose de veneno. Fechávamos as janelas nos dias de calor para evitar a entrada das nojentas baratas pretas voadoras. Inspecionávamos os lençóis toda noite em busca das pequenas aranhas marrons que podiam levar para o hospital com apenas uma picada.

Das lições de Biologia, as últimas que parei de assistir, eu conhecia os insetos úteis. As abelhas e borboletas eram criadas fora dos muros, perto das plantações. Precisavam delas para polinizar as plantas que nos davam comida, combustível e todo o resto.

As fazendas de reprodução moviam um mercado importante de venda, aluguel ou reprodução de polinizadores. Mas não havia criação de cigarras, claro. Eram consideradas pragas ainda mais ardilosas que os gafanhotos. Enquanto estes chegavam em nuvens, as ninfas das cigarras se enterravam, sugando secretamente a seiva das raízes das plantas. Por isso, uma guerra movida a venenos e vigilância era travada no subsolo.

Mais tarde Lua completou a explicação.

"Na época da primavera, as ninfas emergem do solo, onde passam anos se alimentando da seiva das raízes. Elas sobem pelos troncos e começam o processo de metamorfose até se transformarem em insetos adultos. No final, a cigarra rompe a antiga pele e sai por uma abertura, abandonando a casca. Começa então a cantar para atrair um parceiro. Depois de pôr os ovos, as fêmeas morrem, e as ninfas voltam para debaixo da terra, a salvo dos predadores."

Numa rara incorreção, Lua não explicou por que a cigarra da minha ameixeira havia saído dos subterrâneos em pleno inverno, enquanto tudo secava e queimava. Talvez nem elas ligassem mais para as estações, com o calor e o frio se misturando no calendário.

Só sei que o canto alto foi percebido à distância. Naqueles poucos dias em que a cigarra viveu fora da terra, vi cabeças que nunca haviam aparecido nas janelas próximas. Todas miravam recriminantes a nossa árvore.

Eu conhecia pouco a maioria daqueles moradores. No máximo, trocávamos um cumprimento e um aceno de cabeça, às vezes apenas o aceno de cabeça, às vezes nem isso. Ainda assim, me surpreendi. Diferentes dos semblantes neutros da rua ou sorridentes da rede, as versões das janelas tinham a face dura, o lábio torto, os olhos brilhando de raiva.

Nenhum abriu a janela ou se aproximou do nosso portão. Os impropérios chegaram pelas vias normais, sem barreiras antiquadas como portas e janelas.

Se já não bastassem as folhas espalhadas nas calçadas.

Como se não fossem suficientes as frutas caídas que mancham o nosso chão.

Agora esse barulho infernal. Essa afronta ao direito ao silêncio.

Que pulverizem inseticidas, que montem armadilhas, que tragam serrotes.

Para que uma árvore tão grande? Pode esconder marginais, bichos desconhecidos, sujeiras de pássaros camuflados entre todas essas folhas.

A cada dia, o canto da cigarra chegava acompanhado pelo zunido incessante de mensagens grotescas. *Praga, bicho nojento, maldição, zoeira, inferno.*

Minha mãe pesquisou soluções, remédios, fez promessas vagas. Desconfio que ela fazia para não fazer, mexia para deixar tudo como estava, a árvore, a cigarra, o canto da cigarra na árvore. Sem dizer nada, resistiu, dia após dia, a transformar a tirania dos vizinhos em ação. Foi se deixando ensurdecer pelo ruído potente que brotava das entranhas do bicho. Não envenenaria um inseto que canta. Não tocaria numa folha da nossa ameixeira.

Uma tarde, ao sair do banho, ouvi um barulho forte na minha janela. Encontrei a pedra, na verdade um pedaço de tijolo quebrado, sobre meu travesseiro. A marca e o calor da minha cabeça permaneciam ainda na fronha branca. Uma parte da vidraça estava no chão multiplicada em minúsculos cacos.

Corri instintivamente para o batente. As janelas estavam vagas, a calçada, vazia. Atirar uma pedra foi o jeito que encontraram para entrar na minha casa. A mensagem perfeita. Anônima, cristalina, violenta. O canto da cigarra valia uma pedrada na cabeça.

Consertamos a janela com material inquebrável. Minha mãe me proibiu de encostar no batente às horas da cantoria. Por fim, me proibiu de aparecer na janela a qualquer hora.

Apenas Alice abanou a cabeça a tantas maldades. Ao me perceber um dia inspecionando o tronco, meio escondida atrás da persiana, se refugiou na sombra, os olhos trepados na árvore, curiosos.

— Sinal de chuva — vaticinou, voltando-se, esperançosa, para uma pequena nuvem acinzentada no azul do horizonte. — Elas aparecem cada vez menos, os subterrâneos devem ser mais confortáveis para elas hoje em dia.

Desde aquele dia, Alice passou a nos trazer pão quente todo fim de tarde. Da janela, eu a via entregar o embrulho nas mãos de minha mãe.

Antes de partir, parava por instantes sob a nossa árvore, oculta em parte pela sombrinha vermelha que protegia seu corpo claro. Olhando de cima, via a pele fina de suas mãos, repletas de pintas escuras, as unhas cobertas com esmalte rosado, ao tocar um galho, uma folha.

De tanto inspecionar, ela acabou por encontrar a pequena cigarra que insistia em berrar mais alto que os vizinhos. Nesse dia, minha mãe estava por demais ocupada e fui eu a receber o pão. Ainda estava parada na porta, sem ter o que dizer, quando ela apontou um ponto escuro no tronco da árvore.

— É um macho, com certeza — explicou. — São eles que vibram mais alto, esfregando as asas na barriga, como um arco sobre as cordas de um violino. Vamos torcer para que ele encontre sua companheira e eles possam trazer novas cigarrinhas para este mundo.

Não soubemos se o bichinho acabou por encontrar sua fêmea, não vimos ovos nos ramos finos nem as pequenas ninfas fazendo o caminho de volta para a proteção das raízes.

— Alice tem uma atenção para as pequenas coisas do mundo que ninguém consegue hoje em dia — disse minha mãe depois que lhe falei sobre nosso achado. — Talvez você também seja assim.

Quando a umidade por fim se condensou num chuvisco tão fino que mal podíamos chamar de chuva, mas ainda assim uma chuva, levou embora o canto das cigarras. Em sua última entrega, Alice olhou para minha ameixeira com olhos saudosos.

— Eles reclamam porque já se esqueceram — disse. — Não podem mais esperar que a natureza siga seu curso.

Foi embora em seu passo miúdo até sumir na branquitude da névoa, com a sombrinha embaixo de um braço. Foi por ela que eu soube da chuva antes da chuva, de pessoas feitas de casca e das cascas que contam histórias de vida e de morte.

Depois que o inseto se foi, a casca resistiu ainda por algum tempo. Depois se esfarelou, até restar apenas uma mancha quase imperceptível no galho liso. Mas, por muito tempo, a cigarra permaneceu em mim como aquela forma preservada na árvore. Uma casca e um eco. Como se um saísse de dentro de outro, o canto era a vida que preenchia o vazio.

/ / /

Alice nos recebe sorrindo como sempre. Dá um abraço caloroso em minha mãe, me cumprimenta com o carinho usual e nos conduz para a cozinha aquecida dos fundos.

— Que bom que vieram. Temos pão no estilo italiano quase saindo do forno.

Sabemos que, diante do fogão antigo, podemos conversar à vontade. A casa de Alice é a única desconectada da vila. Ela ainda pode ligar e desligar seus aparelhos sem chamar técnicos especializados. Os aparelhos mais modernos nem têm mais essa opção. Ninguém, a não ser ela, quer abrir mão do sistema que apaga uma chama esquecida e avisa quando o cozido passa do ponto.

Alice também é a única pessoa que eu conheço que não tem uma assistente. Seus clientes são quase sempre os mesmos. Os novos chegam por indicação de familiares e conhecidos. Ela usa apenas um canal aberto para comunicação direta com os clientes.

— Sou feliz assim — dizia. — Gosto da minha privacidade.

Assim que ela fecha a porta, minha mãe desaba na cadeira de madeira. Dá um suspiro tão profundo que parecia vir do corpo inteiro. Apoia os cotovelos na mesa e leva as duas mãos à cabeça, como se o peso dela fosse demais para se sustentar sozinha.

— Está acontecendo de novo — murmura, com os olhos fechados —, essa maldição está acontecendo de novo.

Alice a consola do jeito que sabe. Esquenta uma caneca de água, colhe umas folhas de um vaso embaixo da janela e prepara a bebida. O aroma do chá nos envolve enquanto ela corta uma fatia de bolo de laranja ainda quente. Depois se senta ao nosso lado, calada, mas presente.

Minha mãe levanta a cabeça.

— Você precisa falar com eles, Maya. Contar alguma coisa, qualquer coisa, que os ajude a encontrar esse professor. Tem certeza de que ele não deixou nenhum recado, nenhuma pista? Você passou horas naquela biblioteca, sei que andava lendo os livros. Deve saber de algo que ainda não contou.

Resolvo explicar ao menos parte da história, omitindo apenas o conteúdo do bilhete. Quando termino, sinto suas mãos úmidas sobre as minhas.

— Você não pode falar sobre essas coisas por aí, Maya. Existe algo nessa história que não sabemos. Pode ser muito maior do que você e eu imaginamos. Se o Professor for realmente um criminoso, você corre riscos. Se não for, talvez corra mais ainda.

Diante do meu silêncio, ela se levanta e começa a andar pela cozinha. Sinto o calor descendo pela minha garganta, mas não consigo sentir o gosto do chá.

— Vamos fazer o seguinte. Dizemos para a polícia que você está exausta e vai passar as férias na casa do seu pai. Se for preciso, você faz de lá os exames para o Ensino Superior. Eles não podem evitar que uma filha passe alguns dias na casa do próprio pai.

Entendo que ela quer me manter fora de perigo. Mas não acredito que sair de casa terá algum efeito sobre o inferno que estamos vivendo. O problema não vai desaparecer se eu mudar de ambiente. Qualquer tentativa de me desconectar seria vista com desconfiança pelos investigadores, pelos vizinhos, pela turba que nos cerca.

Conviver com meu pai, além de tudo, acrescenta um componente de desconforto à situação. Há anos não nos vemos pessoalmente. Desde que suas brincadeiras e presentes deixaram de me interessar, nossa relação não ultrapassa as fórmulas convencionais de contato esperadas entre pais e filhos.

No momento, não sei sequer seu endereço exato. Na última vez que nos falamos, ele estava em algum lugar ao norte, mas agora poderia estar vivendo do outro lado do mundo.

— Levo meu trabalho no bolso e posso parar onde e por quanto tempo quiser — ele me dizia sempre.

Essa vida nômade nunca atraiu minha mãe. Em nenhum momento ela quis acompanhá-lo nem me deixava viajar com ele por grandes períodos. Aos poucos, a distância física se tornou intransponível. Há anos, nossos contatos se resumiam a rápidos encontros virtuais. Uma vez perguntei por quê.

— Não quero ter uma filha portátil — disse ela. — Antes de voar por aí, você precisa primeiro criar as próprias raízes.

Talvez agora ela pense que preciso fugir delas.

6

No dia seguinte, chego sozinha à clínica de meu avô. Talvez encontre apenas a confirmação do que vi e ouvi a vida toda, mas não tenho mais ninguém a quem pedir ajuda.

Minhas pesquisas mostraram que, antes da extinção, os jornalistas eram especialistas em descobrir coisas. Sabiam fazer perguntas, procurar nos lugares certos, como um investigador que persegue fatos e testemunhas em busca de uma história real. O homem que escreveu todos aqueles artigos, que assinava seu nome sem medo numa página de jornal, deve ter sobrevivido em algum lugar dentro dele. Se tiver sorte, se hoje for um bom dia, tenho esperanças de tirar dele um conselho, alguma direção para me guiar naquela história que me assustava e fascinava na mesma medida.

Sem as conversas de parentes e a correria das crianças, o espaço parece maior. As visitas não são comuns em dias de semana, menos ainda àquela hora da tarde. A atendente da recepção, uma mulher vestida de branco com os cabelos presos com cuidado, parece surpresa em me ver ali, mas não faz perguntas. Apenas anota meus dados e indica o pequeno bosque nos fundos do terreno.

Vejo meu avô de costas, sentado sozinho no banco de concreto. Está asseado como sempre, o cabelo bem penteado, a postura ereta. Ao me aproximar, vejo que tem um pote nas mãos e joga punhados de sementes para os pássaros amarelos que fazem algazarra no gramado.

— Bom dia, Maya. Como vai? — diz ao me ver.

Sua voz parece calma e suave. Estranho que não se surpreenda com minha visita fora do dia habitual e sem minha mãe. Talvez os alienados não se prendam a essas convenções ou tenham aprendido a apreciar as raras visitas sem fazer perguntas.

— Estou bem, vô.

Sento-me ao lado dele, sentindo o frescor do cimento nas minhas pernas. O dia está abafado como sempre, mas a sombra de uma grande árvore diante de nós deixa o ar bem mais suportável. Reparo que é uma árvore incomum. Seu tronco tem uma casca bem grossa e sobe em linha reta por muitos e muitos metros.

Meu avô acompanha meus olhos.

— É uma araucária — diz —, uma das últimas da espécie. Mas está forte. Vê os galhos todos curvados para cima? Nossa araucária ainda quer viver.

Observo melhor a árvore. No topo, acima de todas as construções e árvores do bosque, os galhos se separam do corpo quase geometricamente. Olhando de baixo, eles parecem braços abertos para o céu.

— Sabia que ela tem mais de quinhentos anos? Desde que saiu da terra, essa árvore foi testemunha de muitas coisas — continua ele.

A longevidade das araucárias não era um assunto que esperava ter naquela visita, mas a postura e as observações de meu avô me tranquilizam. Pressinto que talvez aquele seja, sim, um bom dia para conseguir o que busco. Tento avançar com cautela.

— Eu vi alguns de seus artigos no jornal, vô — digo. — Não sei se sabe, mas mamãe guarda vários deles até hoje. Veja, trouxe um deles para o senhor.

Abro a mochila e retiro o recorte protegido por um envelope. Pela data, aquele era um dos seus últimos artigos, e eu tinha a esperança de que ajudasse meu avô a lembrar do jornalista que havia sido.

— Eu gostei deste texto, vô. Alguns trechos estão um pouco apagados, mas pude entender a maior parte.

Ele pega o papel e coloca os óculos que pendem do pescoço. Nunca tinha reparado naqueles óculos, embora eles sempre estivessem ali, como um acessório inútil, uma lembrança do passado. Passa os olhos rapidamente pelo texto e me devolve o recorte.

— Você não deveria andar com isso, Maya. Não é prudente retirar os mortos do túmulo.

Fala tão baixo que mal o escuto e volta-se novamente para a árvore.

— Sabia que essa árvore tem uma memória quase perfeita? — diz ele. — As oscilações de temperatura, a quantidade de chuvas, a qualidade do ar e do solo. Tudo o que ocorreu em torno dela está guardado em detalhes em cada camada deste tronco.

Tenho a impressão de que meu avô se soltou do tempo e agora flutua sobre nossas cabeças. Tento prestar atenção nele, procurando ao mesmo tempo um meio de conduzir a conversa para meus problemas urgentes. Mas ele continua:

— Esta árvore teve sorte até agora. Mas um dia vai morrer, levando com ela os registros do que fizemos com o planeta nos últimos anos. Talvez não seja mesmo interessante saber dessas coisas. Melhor transformar as memórias em cinzas.

Faz uma pausa, joga mais um punhado de comida para os pássaros e acrescenta:

— O livro que você tem na mochila não é muito diferente.

Diz as últimas palavras olhando para mim. Estremeço. Será possível que ele, isolado naquele lugar, saiba do segredo que não contei nem mesmo para minha mãe? Não tenho como saber, mas resolvo arriscar.

Mostro o bilhete, o trecho grifado do livro e conto em detalhes toda a história.

— Preciso saber por que ele me deixou esse recado, vô. Parece um pedido de ajuda. Mas, depois de tudo o que estão dizendo, não tenho mais certeza se posso confiar no Professor.

Meu avô olha rapidamente o papel na minha mão.

— Gerar confusão é o jeito mais eficiente de esconder a verdade, Maya. Se você não consegue distinguir o que é real no meio do caos, nunca vai enxergar o caminho.

Saber enxergar. Não era isso que o Professor vinha me ensinando todos esses meses a partir da observação, da leitura, das discussões?

— Uma biblioteca raramente serve a uma única pessoa — continua meu avô. — O livro de papel durou tanto por bons motivos. Você pode levá-lo para onde quiser. Pode trocar, emprestar, doar, revender, compartilhar. Enquanto dura, ele tem o poder de conectar pessoas através do tempo. Seu professor com certeza não está sozinho.

Enquanto ouço, olho para a capa vermelha do volume em minhas mãos. Talvez o livro, aquele livro, traga uma mensagem que eu ainda não saiba ler. "Comece pelo livro", está escrito.

— Procure os outros elos da corrente — diz meu avô.

Nos despedimos com um longo abraço, o primeiro em muitos anos, aos pés da araucária gigante.

— Não perca de vista a origem do fogo — ele sussurra em meu ouvido. — E não se esqueça de apagar seus rastros.

///

Certo, os livros do Professor vieram de algum lugar, mas não consigo imaginar de onde. Se existem outros leitores, com certeza não moram em minha vila. Lembro com nitidez das expressões de desdém na noite do incêndio. Nenhum leitor ficaria tão indiferente ao extermínio de uma biblioteca.

— Por que esse homem guardava essa velharia toda? — diziam na rede. — Tudo isso deve estar digitalizado há décadas.

Nem eu mesma consigo responder a essa questão. Claro que eu gosto de ter nas mãos um objeto único que não depende de nenhuma senha ou dispositivo para funcionar. Mas livros são por demais exigentes. O Professor não investiria tanto esforço apenas por um punhado de sensações.

Desisto de pensar e me deito na cama com o livro fechado na mão. Só então percebo. Enquanto minha mente divagava, meus dedos se moviam, esfregando delicadamente uma pequena imperfeição na contracapa. Mais uma vez, meu corpo parecia dizer: "Volte para a Terra, Maya, volte para a Terra".

Viro o livro e procuro o ponto que meus dedos tocam. O pequeno selo retangular, colado no canto inferior da capa, contrasta com a capa envelhecida. Apenas um quadradinho de papel metálico com o desenho de uma casa de linhas simples e alguns números embaixo. Pela nitidez das cores, foi colado ali há pouco tempo.

Só pode ser isso. A pista estava todo o tempo bem debaixo do meu nariz. Uma pessoa acostumada a prestar atenção aos detalhes encontraria o selo mais cedo ou mais tarde. O Professor contava com isso. Talvez me conheça mais do que eu suponho.

///

Resisto ao impulso de perguntar à Lua. Também não adianta tentar pesquisar os números impressos no selo por conta própria. A polícia deve estar rastreando todos os meus passos digitais e, mesmo que não esteja, seria muito fácil obter meus registros de navegação.

Lembro então de um garoto que conheci alguns meses antes de começar as aulas na Casa do Muro. Não sei com certeza se devo confiar totalmente nele, mas suas habilidades podem ser muito úteis para o que procuro.

Encontrei Alex pela primeira vez numa sala virtual de ioga. Comecei a participar das aulas por insistência de minha mãe depois de um período de total inatividade. Ela acreditava que a técnica poderia me ajudar a manter a concentração durante as longas horas de aula.

Normalmente os alunos dos cursos mal se viam. Mas aquela instrutora tinha ideias diferentes. Após algumas aulas, organizou um encontro presencial entre todos os participantes. A comunicação direta era importante, dizia, para explorarmos formas de conexão fora dos sistemas.

Nenhum de nós sabia muito bem o que estava fazendo. Éramos um bando de adolescentes tentando parar as peripécias descontroladas do próprio cérebro. Mas Alex era um dos mais desajeitados. Seus malabarismos para se manter sobre uma perna ou fazer algum movimento mais complexo acabavam com o pouco de concentração que eu tentava manter.

Depois da aula, tivemos algum tempo para comer e interagir sem compromisso. Não sei como fui parar ao lado daquele garoto com cabelos despenteados de cor indefinida. Ficamos sem jeito no início. Nenhum dos dois tinha muita prática em conhecer gente nova. Na verdade, prática alguma. Mas a instrutora, empenhada em forçar as duplas a sair da apatia, nos estimulou a conversar sobre os motivos que nos levaram à ioga.

— Preciso parar minha mente — ele disse por fim. — Não quero me perder nos meus mundos paralelos.

A resposta de Alex, cem vezes mais interessante que meus dissabores com o sistema de ensino, despertou minha curiosidade e iniciou uma conversa que durou todo o tempo do intervalo.

Alex me contou que criava universos *digifi* muito sofisticados. Seu trabalho incluía cenários e figurinos, fusões perfeitas de elementos reais e virtuais, mas ia além das imagens. Ele também criava histórias, encaixava pessoas reais em mundos fictícios, inventados sob medida para seus clientes. Era um Criador de Vidas.

— Não é tão difícil — explicou ele. — Eu apenas simplifico as coisas. Quase todo mundo vive numa ilusão. As pessoas passeiam por cidades preparadas para as fotos, comem a comida e fazem os programas que viram na rede. Que diferença faz criar tudo isso no meu computador? O cliente consegue o mesmo resultado em visibilidade, com um preço bem mais em conta.

O que Alex dizia não era novidade. Ainda assim, a maneira despreocupada e indiferente com que falava me deixou desconfortável. Talvez eu ainda sonhasse com os lugares maravilhosos que via nas imagens.

— O mais difícil é fazer o caminho contrário — disse ele. — As pessoas acreditam tanto nas histórias inventadas que não conseguem mais lidar com seus corpos e vidas reais. Querem trazer o *digifi* para o campo físico. Eu não posso ajudar nisso, mas um monte de médicos, decoradores, dentistas e aconselhadores ganham com o meu trabalho. É um grande mercado, que rende muito dinheiro. Dá trabalho inventar uma vida. E é uma boa fonte de empregos.

Sim, Alex parece ser a pessoa certa. Alguém que transita tão facilmente por caminhos reais e virtuais não teria dificuldades em descobrir a origem de um simples livro. Eu apenas preciso encontrar um jeito seguro de falar com ele. Usar as formas normais de conexão está fora de cogitação. É impossível me conectar sem o conhecimento de Lua. A solução é usar o método antigo de encontrar pessoas.

Saio de casa a pé, sem avisar minha mãe, e chego na hora mais quente do dia ao endereço fornecido com muita boa vontade pela instrutora de ioga. O calor me faz quase cozinhar dentro das roupas, mas garante ruas vazias e menos olhares curiosos.

É um prédio residencial baixo, todo branco, linhas comuns e uns 4 andares. Parece bem cuidado, pelo menos na parte que posso ver acima do muro, feito de um material que lembra pedras grandes. Peço por Alex no comunicador ao lado do portão e o assistente devolve a resposta padrão:

— Desculpe, você não está na nossa agenda. Entre em contato com os canais oficiais.

Usar os canais oficiais é justamente o que eu queria evitar. A única maneira de resolver a situação é me acomodando na sombra de uma casa e esperando.

Quase uma hora depois, vejo um garoto atravessando a rua com um pacote na mão. Usa roupas claras, ligeiramente amassadas, como se tivessem saído de alguma gaveta caótica. Tem os cabelos levemente azulados, diferentes de como estavam na última vez que o vi.

Prefiro a abordagem direta.

— Olá, Alex, sou a Maya, lembra? Você deve se lembrar de mim da aula de ioga.

O garoto para na calçada, meio contrariado. Talvez, ao contrário dele, eu não tenha feito ou dito nada de marcante naquela aula, pelo menos não o suficiente para ser reconhecida. Mas ele me responde de forma educada.

— Ah, sim, Maya. Eu sei quem você é. O que está fazendo aqui?

A pergunta é tão direta que perco o rumo por alguns segundos. Mas vou em frente. Não tenho tempo nem segurança para cumprimentos ou conversas introdutórias no meio da rua.

— Eu preciso de sua ajuda. Não tenho mais ninguém a quem recorrer.

Alex hesita, olha discretamente para os dois lados da rua e

depois para o portão do edifício. Temo que vá embora, me deixando ali mesmo na calçada, sem dizer nenhuma palavra. Mas a indecisão não dura muito.

— Bom, se não tem outro jeito, melhor entrar logo — diz, ainda como se eu fosse uma estranha, uma cliente inconveniente que ele fosse obrigado a tolerar.

Alex vai até o portão e libera nossa entrada aproximando os olhos do orifício do painel. Alguns passos depois, repete o gesto para entrar no prédio. E mais uma vez para sair do segundo lance de uma escada estreita e curva. O apartamento fica no fim do corredor, do lado oposto ao da rua.

Os controles e as autorizações terminam do lado de dentro. Alex desativa a assistente com um comando de voz e pede que eu fique à vontade. Vai até a cozinha integrada à sala e guarda os produtos do pacote: um pacote de pão, caixas de comida pronta, uma garrafa com um líquido escuro.

Permaneço em pé no meio da sala. Tinha uma ideia bem diferente do lugar onde ele vivia. O apartamento tem apenas os móveis essenciais, mas é um lugar limpo e agradável, bem-organizado até demais para um rapaz de 18 anos que vive sozinho. Ainda assim, ele se desculpa.

— Se soubesse que você vinha, teria arrumado melhor a casa.

Mais descontraído, sem a expressão séria da rua, Alex agora lembra um pouco mais o garoto da ioga.

— Desculpe meu jeito lá fora. Você sabe como é. Discrição é tudo. Mas aqui podemos conversar em segurança. Como viu, acabei de desativar todos os sistemas do apartamento.

Sua tranquilidade me ajuda a relaxar. Pelo que percebo, ao contrário de mim, Alex tem métodos eficientes para manter a privacidade e está familiarizado com táticas e dispositivos de proteção. Exatamente o que mais preciso para continuar minhas buscas.

— Sabe, eu suspeitava que você viria — diz ele com um sorriso. — Tenho acompanhado as notícias sobre seu professor e as investigações da polícia. Pelo jeito você se meteu numa boa enrascada, não é?

Respondo com um suspiro. A iniciativa de Alex de entrar no assunto facilita as coisas.

Explico rapidamente a história desde a minha primeira visita à Casa do Muro até o incêndio na biblioteca.

— Estou aqui por causa de uma coisa que o Professor me deixou, uma pista. Não tenho ideia se faz algum sentido ou não, mas pode ser a indicação de um local. Se conseguir descobrir o endereço e o que existe lá, talvez eu consiga encontrar o Professor e entender melhor o que está acontecendo.

Enquanto falo, tiro o livro de dentro da mochila. Sei que corro riscos ao revelar meu segredo para aquele garoto incomum, confiando nas impressões de um único encontro presencial. Mas não tenho outra saída.

— Essa tecnologia de comunicação sem rastreamento é novidade pra mim — diz ele de bom humor. — Seu professor é mais esperto do que eu imaginava. Um bilhete e um selo de papel são infinitamente mais baratos e discretos do que toda a parafernália que a gente usa hoje em dia.

Se minha situação não fosse tão complicada, se aquela fosse apenas mais uma conversa fiada após a aula de ioga, talvez eu me animasse a contar mais sobre o Professor, sobre mim e sobre aquele processo que me envolveu desde que meu corpo desligou.

Também penso em lhe mostrar o *chip*. Talvez o conteúdo dele nos ajude a encontrar as respostas. Mas ainda não sei se devo compartilhar informações que o Professor tinha o cuidado de manter fora dos aparelhos. Caso tudo dê errado, posso viajar para a casa do meu pai sem a preocupação de ter exposto o que não devia. Resolvo me concentrar no selo.

— O livro veio de algum lugar. Talvez esse selo nos indique onde fica esse lugar e o que funciona lá. Mas não posso descobrir sozinha, você sabe por quê.

Alex não faz mais perguntas. Conseguir uma localização sem deixar rastros da busca devia ser brincadeira de criança para ele. Apenas aponta um dispositivo de pulso para o selo e observa atentamente a pequena imagem que se forma no ar.

— Venha comigo — diz.

O espaço para onde ele me leva parece parte de uma outra casa. Uma espécie de escritório, protegido por uma porta metálica e janelas refletivas que filtram completamente o som que vem do lado de fora.

Alex aponta de novo o dispositivo para o selo e um grande mapa surge na parede oposta às janelas, na verdade uma grande tela quase invisível. No centro da imagem, um ponto vermelho indica uma localização, como nos sistemas de rastreamento.

— Como imaginei, o número do selo é uma coordenada espacial — diz Alex.

Ele começa então a manipular a imagem em busca de detalhes. Mas ocorre algo estranho. Quanto mais nos aproximamos do centro, menos vemos. O ponto vermelho continua a piscar, mas não há nada em torno dele. Nem ruas, nem quadras, nem uma indicação de vila ou cidade. Nem mesmo os muros são visíveis.

Alex traça uma rota entre o centro de nossa vila até o local indicado pelo código. Mas de novo o sistema não responde como o esperado. As linhas de direção desviam a certa altura ou simplesmente desaparecem.

— Parece que seu amigo está nos levando para lugar nenhum.

O comentário me deixa inquieta. Estava convencida de que meu avô estava certo. A biblioteca do sótão não guardava um acervo congelado no tempo. Alguns livros desapareciam das estantes. Títulos diferentes chegavam com alguma regularidade. Aqueles livros vinham de algum lugar real, e o selo deveria indicar o caminho.

Alex continua a refinar as pesquisas. Uma outra tela surge ao lado da primeira, na mesma parede. Várias imagens se sucedem. A última mostra um mapa antigo, bem diferente dos monitoramentos via satélite. Parece a foto de um velho documento de papel, como os que eu via nas aulas de História do Professor.

— Não, não acho que esse lugar tenha desaparecido. Não fisicamente, pelo menos — diz ele. — Veja este mapa antigo. Foi digitalizado algumas décadas atrás a partir dos últimos acervos físicos da biblioteca da universidade.

Observo melhor a tela da direita. O ponto vermelho agora pisca no que parece o desenho de uma pequena cidade, com ruas, quadras regulares e um rio cercando parte do conjunto.

— Infelizmente este é um mapa analógico. Não tenho como navegar ou descobrir outros detalhes — lamenta Alex.

— Como pode esse lugar existir e não existir ao mesmo tempo? — pergunto, perplexa, com medo de que minha única pista esteja nos levando a um beco sem saída.

— Calma — responde Alex. — O que eu estou dizendo é que esse local não aparece nos sistemas modernos de localização. Mas este espaço em branco também não é normal.

Alex trabalha numa sobreposição de imagens. Volta a traçar a rota. O resultado é um caminho perfeito entre nossa vila e o local exato da coordenada do selo.

— É uma região povoada. Podemos ver até as estradas que conectam a cidade a outras da mesma região — diz ele, apontando as linhas bem claras na imagem.

Navegando pelos nomes que aparecem no mapa antigo, encontramos várias referências sobre a região apagada. Nenhuma delas havia sido atualizada nos últimos anos, mas também não havia nada que explicasse um possível desaparecimento.

— Não tenho como garantir que essa cidade esteja realmente lá, mas, se pudesse apostar, eu diria que sim. Uma cidade não desaparece em tão pouco tempo, a não ser após uma catástrofe ou uma migração em massa. Dificilmente algo assim deixaria de aparecer nos registros oficiais.

Enquanto fala, Alex retira de um orifício fino na parede uma folha de papel com a imagem impressa da montagem feita por ele.

— Diante do que estamos vendo aqui, acho melhor usarmos a mesma tecnologia do seu professor. Não acho prudente compartilhar esse material pelas vias usuais.

Pego a folha, sem saber exatamente o que fazer com ela. Se Alex estiver certo, e tudo indica que está, vou sair daquela sala com mais perguntas que respostas. Por sorte, ele percebe minhas dúvidas diante daquela estranha montagem.

— Isso não é tão absurdo. Já vi acontecer outras vezes — diz. — Atrás de cada grande sistema, existe sempre uma decisão de alguém, e esse alguém pode determinar o que interessa ou não mostrar para os outros. Os apagamentos são mais comuns do que você pensa.

Apagamentos.

A palavra rompe a imobilidade dos meus pensamentos. Lembro perfeitamente da última vez que a ouvira. O cenário era completamente diferente, mas o perfil de Alex examinando aquele mapa antigo me remete a outro. Vejo o Professor em sua escrivaninha comparando os registros nas nuvens com as páginas de um livro. Atrás dele, as prateleiras abarrotadas, iluminadas pela luz das claraboias.

"Uma coleção de apagamentos mil vezes maior que a sua lista de palavras extintas."

Como um caleidoscópio, aquele minúsculo selo contém mais informações do que os sistemas de Alex podem detectar. O Professor contava com elas. Se eu fosse capaz de entender a primeira mensagem, a pista na contracapa do livro, acabaria por perceber também a segunda: as palavras apagadas remetiam a lugares apagados.

Alex continua examinando as imagens.

– O problema é que, sem os registros, ficamos cegos. Não sabemos o que realmente existe lá. É assim que eles conseguem o que querem. Dependemos tanto dos olhos deles que perdemos a capacidade de ver por nossa própria conta.

Ele me revela muitas outras coisas. Diz que os apagamentos são apenas uma pequena parte de um universo invisível movido pelos menores detalhes de nossas vidas pessoais.

Fala das máfias de dados com ramificações em empresas de segurança, companhias telefônicas, serviços de manutenção. Do comércio de informações pessoais que envolve políticos, empresários, governos. Dos paraísos digitais, lugares que escapam das regulamentações tradicionais dos grandes blocos, a partir dos quais se pode fazer quase tudo: espionar, coletar informações sigilosas, vender, comprar ou apagar qualquer informação sobre qualquer pessoa.

— Veja o seu caso. Provavelmente sabiam que você desligaria muito antes de você mesma. Seus hábitos de acesso, os horários, os tipos de interação e as frequências montam seu retrato emocional. De certa forma, nosso encontro na ioga não foi uma coincidência — diz ele. — Nossos pais receberam as mesmas indicações porque temos perfis semelhantes.

Semelhantes.

De todas as coisas que me disse até agora, aquela foi a mais estranha. Nada indica que eu, com meus interesses obsoletos, seja parecida de alguma forma com aquele garoto *high-tech*, mas não tenho tempo para me ocupar com isso. Guardo o mapa com cuidado entre as páginas do livro e me levanto. Alex permanece onde está.

— Sei o que você está pensando em fazer. Admiro sua coragem. Gostaria de ir também, sair de trás dessas telas para variar. Mas acho que posso ser mais útil por aqui. Se você vai mesmo entrar nesse vespeiro, precisa aprender a se mover com segurança.

Volto para o sofá aliviada. A oferta de Alex é exatamente o que preciso nesse momento. Minhas tentativas de despistar a rede de vigilância me mostraram quão difícil é viver desconectada. É quase impossível para mim descobrir essas coisas sozinha, me mover e interagir sem deixar pegadas.

Alex trabalha intensamente nas horas seguintes. Eu lhe forneço todas as minhas senhas, meus dados e históricos.

Suas câmeras holográficas registram minhas impressões digitais, meu corpo, meus movimentos e cada detalhe do meu rosto, incluindo as unhas roídas e as mínimas marcas deixadas pela acne quase na raiz dos cabelos.

— A partir de agora, você se chama Isis na vida conectada. Mesma idade, hábitos diferentes. Todos os seus movimentos e interações serão registrados no perfil dela. É um perfil complexo, que venho alimentando há tempos com dados sobre consumo, interesses, interações. Agora esta é você — ele diz, apontando para a tela.

A imagem mostra uma garota de costas diante do mar. Ombros descobertos, corpo semelhante, cabelos compridos como os meus.

— A partir de agora, o perfil da Maya vai se descolar completamente do que você fará na vida real — continua. — Ela irá para a casa do pai com as passagens e reservas feitas por sua mãe. Vou cuidar para colocá-la no cenário correto. Com seu histórico de conexão, duas ou três interações bastam. Apenas cuide para não responder mensagens. Eu farei isso por você daqui. Essa é a parte mais fácil. Não esqueça que a Maya conectada agora é apenas mais uma personagem em meu projeto de *digifi*.

Escapar da vigilância permanente é um alívio. Mas a tranquilidade de Alex em manipular minha identidade de forma tão burocrática me causa estranhamento. Eu estou na iminência de entregar minha vida inteira nas mãos de outra pessoa.

— Não se preocupe com isso — ele complementa. — São apenas dados. O governo e milhares de organizações têm acesso a eles. Qualquer um deles sabe de suas intenções e seus passos antes de você tirar o pé da cama de manhã. E você pode retomar tudo quando voltar. Se ainda quiser, é claro. Acho que vai gostar da sensação de liberdade.

Concordo, ainda tentando assimilar aquela troca confusa de identidade. Se compreendi bem, minha vida agora pertence a um perfil falso. E eu vou entrar na pele de uma personagem desconhecida criada a partir de um banco de dados.

Por último, ele me passa um endereço eletrônico.

— É secreto, com chaves de proteção. Um serviço caro, que usa as infovias subterrâneas, as mesmas das máfias de dados. Podemos nos comunicar por ele com segurança.

Tento memorizar o máximo de detalhes que posso, guardo o endereço junto com o mapa e o bilhete dentro da mochila.

— Não sei como posso te pagar, Alex — digo antes de sair. — Vou precisar do pouco dinheiro que tenho para fazer essa viagem, descobrir esse lugar.

— Você pode me pagar de outra forma, com algo muito mais valioso — responde ele. — Essa história de vocês é a coisa mais interessante que me aconteceu em muito tempo. Quero que me conte em detalhes tudo o que descobrir.

Entendo o que Alex espera de mim. Em troca de seu trabalho virtual, ele quer acompanhar os meus passos no mundo físico. Serei sua matéria-prima, uma fonte que pode abastecê-lo com experiências que ele nunca poderia viver. Lembro da última coisa que me disse no encontro da ioga.

— O virtual sempre se alimenta do real, Maya. Quando a vida se torna apenas uma montagem virtual, a comunicação se empobrece, as pessoas se desinteressam. Elas precisam acreditar que estão consumindo algo autêntico, que dá para ser feliz em algum lugar.

/ / /

Somos duas agora. Mas, ao chegar na estação, sinto que não sou mais ninguém.

Estou sozinha, prestes a embarcar na primeira aventura da minha vida. Não tenho ideia do que vou encontrar no ponto vermelho do mapa que carrego protegido em um saco impermeável no bolso da minha mochila. Sei o quanto é único e frágil e preciso protegê-lo de qualquer fagulha ou gota d'água.

Mantenho até o fim a decisão de não contar nada a minha mãe sobre meus planos. Não posso correr o risco de dar um passo em falso. E essa é a melhor maneira de protegê-la e me proteger também.

Quando finalmente paramos diante do portão de embarque, ela checa mais uma vez as informações de minha viagem compartilhadas por nossas assistentes. Por um instante sinto seu peito tremer junto ao meu. Mas, quando ela me afasta, não há lágrimas em seus olhos.

— Você sempre quis viajar sozinha, descobrir o mundo, não é? Acabamos arrumando um jeito de você atravessar o país — diz ela, sorrindo.

Sorrio também. Talvez esse tenha sido nosso último abraço como nós duas somos agora, como fomos até agora.

Espero que um dia ela compreenda e me acolha como sempre fez. Mesmo que nem sempre perceba as coisas no momento certo, mesmo que tenha medo ou esteja tão profundamente cansada que mal consiga respirar.

Talvez, e esse *talvez* me enche de esperança, eu possa algum dia estar à altura daquela história que ela e meu avô guardam no velho armário de madeira. Quero acreditar que todos aqueles livros e documentos velhos, que ela sempre encontrou tempo e energia para cuidar, não continuam na estante por acaso.

///

Ao desligar Maya, assumo pela primeira vez minha nova identidade diante do assistente da companhia de ônibus. Passo facilmente pelo primeiro teste. Ao aproximar o dispositivo de Isis, meu acesso é liberado sem problemas.

Algumas roupas, um livro, um bilhete, um nome de rua, um número, um conselho de meu avô. Tenho agora tão pouco para me guiar numa avalanche de incertezas. Mas, desta vez, há algo além do medo, um sentimento completamente novo.

Procuro a palavra certa e encontro apenas uma sede que toma a garganta, o peito, a mente. Uma emoção inteiramente nova, que me expande até que eu precise respirar fundo, buscar mais e mais oxigênio. Como se o ar refrigerado daquele ônibus fosse pouco e eu precisasse abrir as janelas vedadas e engolir o vento que se move do lado de fora.

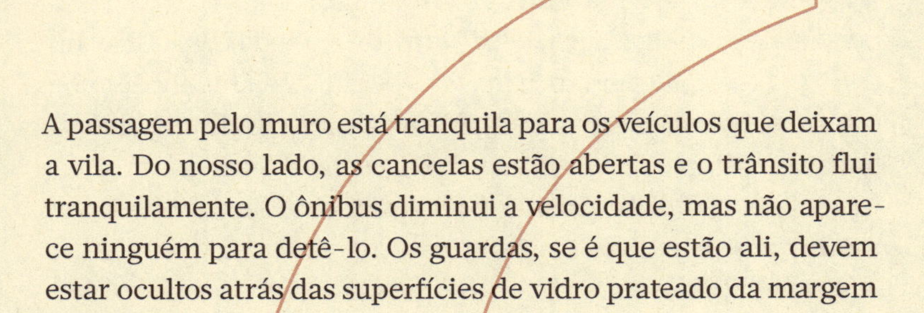

A passagem pelo muro está tranquila para os veículos que deixam a vila. Do nosso lado, as cancelas estão abertas e o trânsito flui tranquilamente. O ônibus diminui a velocidade, mas não aparece ninguém para detê-lo. Os guardas, se é que estão ali, devem estar ocultos atrás das superfícies de vidro prateado da margem da avenida.

O motorista recebe a permissão eletrônica e acelera assim que passamos pelo posto de checagem. Do outro lado, uma longa fila de veículos aguarda a autorização para a entrada. Para nós que saímos da segurança do muro, a estrada abre-se tranquilamente em cinco pistas amplas e bem-sinalizadas.

Não é a primeira vez que atravesso o muro. Quando era menor, minha mãe costumava me levar para uma das praias próximas. As famílias com recursos costumam passar alguns dias em casas alugadas no litoral durante o verão. Depois o dinheiro encolheu e tivemos de abandonar os passeios.

Lembro-me de invejar as viagens que minhas colegas faziam para lugares badalados e distantes. Eu ainda não conhecia Alex nem o trabalho dos profissionais de *digifi*. Apenas depois dele passei a duvidar de tudo o que via.

— Não faz muita diferença, na verdade, Maya — ele me disse. — Para que atravessar o mundo para tirar uma foto num cenário que foi planejado para você tirar uma foto? Posso fazer tudo exatamente igual. E ainda elimino os riscos de uma viagem real. Na minha praia nunca chove, a menos que você queira.

Embora muito popular, o serviço ainda despertava controvérsias. Volta e meia, algum portal causava furor ao revelar que certa personalidade nunca havia estado em determinado lugar. Falavam disso por dias, divulgavam a imagem questionada mais vezes que o normal, faziam entrevistas. A polêmica em torno do *digifi* gerava tanta visualização que acabava sendo sua maior propaganda.

Um pouco como ocorria com a discussão em torno da autotransformação.

///

Encontrei Marta pela última vez na calçada em frente de casa, enquanto a mãe dela esperava no carro com os vidros escuros fechados.

— Não tenho muito tempo — ela disse enquanto nos abraçávamos, com a boca escondida entre os meus cabelos –, mas quero que você saiba que não acredito em nada do que estão dizendo.

Conscientes de que nos vigiavam, trocamos apenas algumas palavras sem importância, daquelas que só falamos para reforçar o que as mãos e os olhos dizem. No fim, ela me contou que iria finalmente fazer sua primeira cirurgia de adequação.

— Talvez você não me reconheça quando voltar — disse ela.
— Ou talvez me reconheça – corrigiu com um sorrisinho.

Eu a conhecia há bastante tempo das aulas da plataforma, mas nos encontramos pessoalmente poucas vezes. Não participávamos dos mesmos grupos de sexta-feira e poderíamos passar a vida toda sem um aperto de mão mesmo morando a poucas quadras uma da outra.

Conversamos algumas vezes por hologramas. Um dia sugeri que nos encontrássemos na praça do bairro para tomar um sorvete. As reuniões de sexta haviam se tornado insuportáveis e seria bom ter um outro motivo para sair de casa. Mas Marta demorou meses para concordar.

Quando finalmente marcamos o encontro, num sábado à tarde, ela me enviou privadamente uma foto com a legenda: "Pra você me reconhecer na praça".

A foto era muito diferente da imagem dela que eu conhecia da rede: uma garota com nariz fino, cabelos volumosos, maçãs do rosto salientes e pele perfeita.

Depois ela me contou que usava filtros continuamente em todas as suas fotos e interações. Sua mãe ainda não concordava com as cirurgias de automodificação e ela esperava ansiosamente os 18 anos para começar a adequação.

— Não consigo nem olhar no espelho — disse Marta. — Aquela não sou eu, ou pelo menos não sou mais eu. Já decidi como desejo ser há muito tempo. Desenhei cada traço com cuidado, contei até com a ajuda de artistas. Só estou esperando o dia da cirurgia.

Até lá, ela fazia terapia, para ao menos tolerar sua autoimagem, e evitava encontrar qualquer pessoa que conhecesse apenas pela rede. Só abriu uma exceção porque, segundo ela, eu era sua única amiga. Temia que eu desaparecesse um dia ou simplesmente rompesse nossa comunicação.

— Pois eu gosto mais de você assim – eu disse em nosso encontro. – Fico mais à vontade com minhas manchas de acne e minhas olheiras fundas.

Ela deu risada com todas as marcas e expressões que eu nunca havia visto quando estávamos conectadas. Passamos a tarde tomando sorvete, conversando e nos divertindo com cada detalhe, cada traço real do jeito uma da outra. Ela reparou em meu hábito de mordiscar a cutícula, eu observei o olhar assustado dela quando algum conhecido me cumprimentava.

Depois que a confusão na minha vida começou, eu e Marta não conversamos muito. A mãe dela não queria que se envolvesse com alguém que estava sob investigação policial. E eu não me sentia segura em contar tudo em nossas interações virtuais.

Em nossa despedida, ela me contou que os médicos finalmente haviam marcado suas cirurgias. Faltava muito pouco para que convertessem seu rosto completamente em sua imagem *digifi*.

Fiquei contente por ela, mas também um pouco decepcionada. Havia aprendido a gostar de cada traço do seu rosto real. Era estranho pensar que não poderia vê-lo nunca mais.

Me pergunto agora se essa Marta de nariz adunco, menos perfeita e talvez por isso mesmo bem mais interessante, sobreviveria no novo rosto. Torço para que a transformação não mude o que ela era justamente por ter nascido como nasceu, com essa aparência única que ninguém poderia imitar.

Nada disso eu disse na despedida. Apenas desejei boa sorte.

— Talvez a gente não se fale por algum tempo. Vou ficar uns dias desconectada. Meus orientadores recomendaram que eu me afaste ao máximo de tudo o que está acontecendo por aqui — menti.

Ela concordou, disse que entendia.

— Conversamos quando você puder.

Antes de soltar sua mão, acrescentei:

— Vou sentir saudades de você. — E isso era verdade.

À medida que o muro se distancia, todos esses momentos também vão ficando para trás. Talvez agora eu seja menos verdadeira do que a versão futura de Marta. Meu corpo abriga alguém que não sei direito quem é, viajando em um ônibus onde eu não deveria estar, em busca de algo tão imprevisível como a história de um livro que apenas começamos a ler.

Alex havia trabalhado bem. Escolheu um assento confortável nos fundos, sem lugar para acompanhante. Uma cortina fina se fecha automaticamente, me isolando dos demais passageiros. Seguindo as recomendações dele, eu troquei de roupa no banheiro minúsculo e agora uso uma camisa larga e um boné que me tapam parte do corpo e do rosto.

Imagino Lua rastreando os passos de Maya neste exato momento, em direção à casa de meu pai. Ao me despedir dela, pela primeira vez em muito tempo, não fiz perguntas nem dei qualquer orientação.

"Faça uma boa viagem, Maya. Não se esqueça de levar uma blusa. O ar-condicionado do ônibus é regulado para manter a temperatura entre 20 e 25 graus", ela disse.

— Já peguei a blusa, não se preocupe. Obrigada, Lua — respondi apenas.

A sensação de estar fora do alcance de minha assistente, completamente desconectada dela e dos sistemas de rastreamento, é totalmente diferente de quando desliguei involuntariamente. Não há agora aquela exaustão imobilizante. Ao contrário, me sinto disposta e alerta, com um grau de agitação maior do que o normal.

Mesmo ansiosa, tento preservar a integridade de minhas unhas. Sem nada para fazer a não ser apalpar o conteúdo da minha mochila pela milésima vez, me concentro no que tenho à disposição: o mundo que passa de raspão pela janela.

A rodovia, construída em um nível acima do terreno ao redor, permite uma vista ampla por muitos quilômetros. É fim de tarde, e o sol se aproxima do horizonte. Não posso vê-lo de onde estou, mas os edifícios ao longe, bem na linha do horizonte, refletem o brilho e a vermelhidão do céu acima da camada acinzentada. Entre a estrada e os prédios do centro, minúsculos telhados planos se estendem por toda a planície.

Sem nenhuma conexão para me distrair, vejo a paisagem como se fosse a primeira vez.

A luz amarelada do entardecer revela os detalhes daquelas habitações, todas tão coladas umas às outras que parecem uma construção só, com a mesma cor avermelhada de tijolo e placas metálicas no topo. A maioria tem três, quatro, até cinco andares meio desconjuntados. Há movimentação nas vias estreitas que serpenteiam em torno delas. Alguns desses prédios estranhos estão plantados sobre estacas sobre o leito plano de um rio completamente seco. Tenho a impressão de ver roupas coloridas estendidas nas janelas.

À medida que o dia se mescla com a noite, toda a planície se apaga aos poucos. Lumes fracos pontilham timidamente os telhados, um início de escuridão destaca ainda mais o esplendor dos edifícios ao longe.

Observo com atenção, aproveitando a experiência de ver o dia terminar na estrada, longe das paredes do meu quarto. Percebo que o sol aparece agora no canto esquerdo da minha janela. O cruzamento para as praias ficou para trás, e a estrada deve ter feito uma curva sem que eu tenha percebido. Sem nenhuma referência anterior ou rota para acompanhar, minha percepção de direção se confunde no espaço aberto.

Tons fortes e sanguíneos ocupam agora aquele pedaço de céu, expulsando o azul para fora do meu campo de visão. Falta pouco para o sol se pôr, apenas alguns minutos mais. Mas os minutos passam e o céu continua igual: as mesmas cores, o mesmo contraste entre o brilho e as sombras.

Espero, mas a cena não se modifica. Desloco minha atenção no absoluto da cena e foco o círculo branco, imóvel, a um palmo da linha do horizonte. Mas não, não está completamente imóvel. Em vez de seguir em direção à linha do horizonte, tenho a impressão de que o sol se move para o lado, em direção ao canto direito da minha janela.

Minha expectativa pode ter alterado também minha noção de tempo, e procuro me tranquilizar. Mas os minutos passam e o sol continua na mesma altura, passeando em sentido lateral até desaparecer no outro canto da janela.

A estranheza da situação finalmente me arranca da contemplação despreocupada. Abro as cortinas e procuro pelo céu na direção oposta. A mulher do outro lado do corredor está voltada para fora, seu perfil apagado pelos mesmos tons e cores vibrantes que via antes do meu lado.

O sol brilha agora no centro da paisagem diante dela, exatamente a um palmo do horizonte. Como pode estar lá se a estrada segue em linha reta? As noções de direção e movimento se agitam em meu cérebro. Devo estar cansada, preocupada, confusa diante da falta de prática em observar o movimento sem nenhum mapa para seguir.

Presto atenção à mulher em busca de algum sinal para me orientar. Ela se vira para mim.

— Não é incrível, Maya? Como é bom estarmos juntas novamente!

Sinto um mal-estar na boca do estômago. Eu conheço aquela voz. Mas de onde? Não imaginava encontrar alguém conhecido naquele ônibus. Mais do que isso: eu não podia encontrar alguém conhecido naquele ônibus. Precisava inventar rápido uma desculpa, uma explicação para a mudança de rota. Senão, o único plano que tínhamos iria desmoronar.

A moça, com o rosto ainda na penumbra, continua sorrindo.

— Não me reconhece, amiga?

Com a visão ofuscada pela luminosidade da janela, faço um esforço para identificar os traços dela. De repente, percebo.

— Marta?

— Claro – ela responde.

Ajusto a voz à fisionomia com dificuldade. Não é a mesma que vi pela última vez na rua. O rosto de agora é exatamente igual ao perfil virtual de minha amiga. Então ela já fez a cirurgia de autotransformação! Mas isso não é possível. Ela não poderia estar com a pele perfeita em tão pouco tempo. Essas adequações exigem um tempo de recuperação e... O que Marta estava fazendo naquele ônibus?

— Estou bem melhor agora, não acha? Todo mundo gostou — ela continua. — Olha só, eles vieram também. Estamos todos em casa.

Só então noto que todas as cortinas de separação estão abertas, os olhos voltados para nós. Eu reconheço aqueles rostos, todos eles. São os mesmos das noites de sexta-feira, as mesmas expressões de curiosidade e crueldade disfarçada.

Abro a boca, puxando o ar que começa a faltar. Se eles estão ali é porque descobriram meu plano e o jogo continua. Eu os desafiei, e eles estão dispostos a qualquer coisa para descobrir o que escondo, todos os detalhes da minha fuga e do meu destino.

Tento pensar enquanto passo de um rosto ao outro. Talvez estejam apenas se divertindo e não saibam de todo o contexto. Mas de repente o horror toma conta de mim. Aqueles olhos não combinam com as feições. Eu os conheço de outro lugar. São os olhos frios de raiva e ódio que via nas janelas de meus vizinhos.

Procuro refúgio em Marta, na doçura acolhedora de minha amiga sob aquele rosto de estranha. Ela continua sorrindo, bela e suave, alheia ao meu desespero.

O sinal familiar de uma mensagem entrando no meu dispositivo desvia minha atenção. Olho para meu pulso, mas não há nada lá, tenho certeza de que o guardei na mochila. Em vez da pequena tela, vejo as palavras de Alex surgindo claramente, brilhando com nitidez sobre a pele do meu antebraço.

Eles nos descobriram. Você vai ter de sair desse ônibus agora.

Esfrego os pulsos, aquilo só pode ser uma ilusão criada por minha mente preocupada. Mas ele continua escrevendo.

Eu achei que poderíamos enganá-los. Mas você é um deles. Sempre foi. O implante está dentro de você desde que nasceu.

Você e eles são a mesma coisa. Por isso o Professor fugiu sem te dar explicações.

Não tenho mais escolha. Não há como fugir. O ônibus é vedado como uma cabine de avião. É impossível escapar de um veículo como aquele em alta velocidade. Mesmo que fosse possível, não adiantaria nada. Eu havia trazido todos eles dentro do meu próprio corpo.

Encosto na poltrona e me escondo na paisagem da minha janela. O sol brilha de novo sobre o espaço rubro, um palmo acima do horizonte. Começo a compreender. Eu havia sido ingênua demais. O ônibus nunca saiu da plataforma. O tempo e o espaço giravam em círculos em torno de nós como num cenário de Alex. Eu era apenas uma presa no jogo deles, uma peça manipulada desde o início.

Fecho os olhos, exausta. Não há vida fora da desconexão, não existe nada nem ninguém no fim do caminho. O próprio caminho não existe. Sinto o corpo amolecer, uma névoa envolve meus pensamentos, me apagando aos poucos. No último momento antes da escuridão, uma voz feminina soa alto em meus ouvidos.

— Prezados passageiros, chegamos ao seu destino. Por favor, verifiquem os seus pertences e se preparem para o desembarque.

///

Acordo num susto. Sinto meus pulsos arderem. Vergões e marcas de unha incham sobre a pele. Olho em desespero para os braços, para o teto, para as paredes, à procura de espiões por todos os lados. Vejo apenas as cortinas fechadas, uma única fresta de mundo visível na janela. Por ela, luzes de veículos, janelas e painéis coloridos passam em velocidade cada vez mais lenta até que finalmente param.

O ônibus estaciona. Já é noite. Estou em pé na plataforma, ainda sem sentir direito minhas pernas. Os outros passageiros passam apressados com suas bagagens. Vislumbro seus pés borrados em torno dos meus tênis surrados, mas permaneço estacada, com a mochila nas costas e a alça da mala na mão.

Sei que preciso me mover, mas cada tentativa me deixa ainda mais atordoada. Puxo o ar, expiro, tento retomar o controle sobre meus pensamentos e expulsar de vez o pavor daquele sonho horrendo. Tomo coragem, levanto a cabeça, procuro os rostos. Vejo com alívio que são todos estranhos. Está tudo bem. Posso me concentrar no próximo passo.

O painel à minha frente traz as informações de que preciso. Os números e nomes indicam a hora aproximada e o lugar exato, o ponto de intersecção entre a primeira e a segunda parte da minha rota. Ainda tenho algum tempo para me recuperar e seguir para o ponto de embarque.

Encontro um banheiro com facilidade. Como um autômato, lavo o rosto e as mãos, escovo os dentes, penteio os cabelos. Tenho vontade de me conectar, mas me controlo e não encosto em nenhum aparelho. Sinto falta de Lua. Sem ela, estou solta no espaço. Posso apenas dar uma olhada no mapa desenhado e impresso por Alex e conferir os lembretes que acrescentei à mão.

Sei que aquela estação funciona como um *hub*, integrando rotas terrestres e aéreas, e recebe passageiros do país inteiro. Observo a multidão que circula anônima, sem notar a minha existência, e me tranquilizo um pouco. Gosto da sensação de me misturar a ela, ser apenas mais uma entre desconhecidos. Procuro minha plataforma e torço para que ninguém perceba que sou uma fraude.

Diante de meu segundo teste com o perfil falso, lembro da explicação de Alex sobre seu método para driblar os sistemas de identificação.

— Aproveito a dificuldade que alguns sistemas encontram para identificar pessoas que se automodificaram. Criei o rosto de Isis com poucas diferenças em relação ao seu aspecto real. Ao comparar as duas fisionomias, o sistema vai captar a incongruência, mas vai interpretá-la como resultado de mudança plástica. Pedirá então um código e uma senha. Vai ser o suficiente para liberarem sua entrada.

Até agora não tive motivos para duvidar de Alex. Mas este é o mundo dele, não o meu. Preciso de muita concentração para manter meu rosto o mais neutro possível, controlar o tremor dos dedos e digitar os números decorados. O sistema libera meu acesso sem problemas, destruindo de vez minha crença, antes absoluta, na eficácia e na segurança dos sistemas.

Já no conforto da poltrona, sinto meus ombros endurecidos. Ocupada com os aspectos práticos daquela jornada, ainda não tinha pensado nas consequências dos meus atos na vida da minha mãe e no meu próprio futuro. De quantos crimes podem me acusar agora, ainda antes dos 18 anos? Se tudo der errado, e talvez se der certo também, eu posso me tornar algo pior que um pária. Eu serei uma criminosa.

O passageiro ao meu lado, um rapaz pouco mais velho que eu, fecha a cortina que separa as poltronas. Melhor assim. Menos chance de ser reconhecida no futuro.

Confortada pelo isolamento, tiro o livro da mochila. Ao virar as páginas rapidamente em busca dos trechos grifados, o marcador colorido cai no meu colo. É um cartão retangular, feito de papel reciclado, um presente que ganhei do Professor depois que li meu primeiro livro. Pego o marcador, mas, antes de recolocá-lo no lugar, percebo algo escrito entre os desenhos de pássaros e flores.

"Seu avô pede que você envie a encomenda diretamente para ele no endereço da clínica. Ele pode devolver se não gostar."

Apenas isso, um recado escrito a lápis, sem nenhuma assinatura.

Nunca vi a letra manuscrita de Alex, mas ele não conhece meu avô. Também é pouco provável que escolhesse esse meio para me dizer qualquer coisa. Não, outra pessoa muito próxima deve ter escrito aquilo. Próxima o suficiente para abrir minha mochila e encontrar o livro.

O conteúdo e as circunstâncias apontam para uma só pessoa: minha mãe.

Nunca a tinha visto escrever à mão e, mesmo que soubesse, por que me deixaria um recado num pedaço de papel? Ela poderia ter falado comigo na estação ou enviado a mensagem pelos dispositivos. A não ser que soubesse mais do que eu imaginava.

É provável que meu avô tenha alertado minha mãe. Cada vez mais, duvido dos diagnósticos de perturbação mental que aparecem em sua ficha médica. Mas não falamos de nenhuma encomenda em nosso último encontro. Muito menos de algo que eu pudesse enviar da cidadezinha perdida do meu pai.

A não ser que ela estivesse me dizendo outra coisa. Tento pensar com a mente da minha mãe. Se foi ela quem escreveu no marcador, com certeza viu o bilhete e meu estranho mapa dentro do livro. Então entendo. Bastaria eu enviar uma encomenda, qualquer uma, para revelar minha localização a partir do endereço do remetente. E um pacote chegando à clínica do meu avô não despertaria suspeitas.

Talvez minha mãe não tivesse todos os dados. Alex é profissional demais para envolver familiares em suas estratégias e métodos. O segredo absoluto é essencial no universo *digifi*, e eu circulava agora nos recônditos mais obscuros de suas criações. Mas ela sabia ou intuía o suficiente para suspeitar que eu não iria para a casa de meu pai.

Meus ombros relaxam finalmente. Mesmo completamente desconectada, sinto que não estou totalmente sozinha. Os sinais da cidade desaparecem aos poucos. Sobrevoamos agora os imensos espaços vazios. Mas minhas preocupações se dissipam com a neblina da manhã.

Não importa aonde aquela aventura vá me levar, sempre haverá alguém na outra ponta do fio.

///

Com o espaço aberto deslizando abaixo de mim, não preciso perseguir pedras ou palavras soltas. Há o suficiente para me manter entretida.

Meu objetivo inicial é registrar minhas experiências para Alex. Não me esqueço de que devo retribuir seus valiosos serviços com material à altura de sua dedicação e eficiência. Como bom Criador de Vidas, meu amigo precisa de minúcias. Todos os detalhes e informações que puder obter da minha experiência.

Abro o caderno do meu avô e olho para a página em branco. Movida pela ponta do lápis, uma ideia nova, ainda meio indefinida, se condensa em um *insight*.

Sempre experimentava certa tristeza ao mexer nos artigos abandonados do meu avô. O que mais me incomodava neles era o esquecimento. Ninguém mais, além de mim e talvez minha mãe, percebia a importância daqueles escritos. O mundo parecia ter apagado qualquer resquício daquelas ideias. Meu avô foi derrotado pela História. O único resultado de sua coragem e seu trabalho foi uma vida amarga e esquecida num canto destinado aos perdedores.

As constantes voltas à estante mostraram um outro lado da questão. Os pensamentos de meu avô, registrados naqueles documentos, ainda se comunicam comigo como os livros da biblioteca do sótão.

Aquelas ideias sobreviveram à morte ou à exaustão de seus autores. Percorreram o tempo com o mesmo frescor dos seus primeiros dias. A cada contato com elas, minha mente se transforma. E, embora eu seja menor que o mais minúsculo grão de poeira daquele chão lá embaixo, o mundo que vejo vai muito além de uma ameixeira na janela.

Retomar o caminho interrompido de meu avô me dá uma nova e assustadora perspectiva. Minhas histórias reais não precisam servir apenas para injetar oxigênio em vidas secas, mantidas em evidência graças às gotas de experiência filtradas pelo talento de Alex. Eu posso ir além.

Aos poucos as letras no papel começam a reproduzir o que vejo.

A luz suave da manhã permite uma visão bem definida. Após as últimas construções da capital ficarem para trás, diferentes cores delimitam a terra em movimento.

Os tons esverdeados da grande planície dividem-se em padrões geométricos, intercalados com partes escuras de terra e colinas nuas. Com certeza, as plantações daquela região tiveram a chuva necessária para se desenvolver naquele ano.

Os rios estão cheios, mas há pouca água nos lagos formados por barragens. Vistos de cima, eles parece grandes poças no fundo de bacias muito maiores que o seu tamanho. Entre a água e a planície, o entorno de vegetação baixa sinaliza perfeitamente os limites muito mais amplos dos antigos reservatórios.

Aos poucos o verde abaixo deixa de ser predominante. Surgem apenas algumas manchas cada vez mais espaçadas. Não há mais plantações demarcando o terreno, nem árvores, nem água. As estradas e construções também rareiam até desaparecerem por completo. O solo agora tem uma tonalidade acobreada.

O Grande Deserto do norte. Então ele existe realmente. Na aula da plataforma, mostraram apenas uma grande mancha no mapa. Seu tamanho real não era bem conhecido. Alguns diziam que as terras mortas ocupavam quase um terço do país. Outros, que a estimativa era um exagero. Chegavam a afirmar que o deserto nem existia. A região seria apenas uma imensa savana.

O avião desvia para leste, em direção ao litoral. Começam os procedimentos de descida. Um agrupamento de telhados vermelhos se aproxima cada vez mais. Antes de tocarmos a pista, avisto os casebres minúsculos, colados uns ao outros, uma versão mais baixa e cinzenta das casas que cercam a estrada do outro lado do Muro.

///

O carrinho antiquado, com uns 20, talvez 30 anos de uso, é o único veículo no local destinado ao transporte de passageiros saídos do aeroporto. A última pintura, num tom de azul forte, parece ter sido aplicada muito tempo atrás. Mal cobre as manchas marrons de ferrugem embaixo das portas. O motorista, um rapaz forte, com a camisa clara aberta no peito, usa uma escova de cabo comprido para tirar os restos de fezes de passarinho acumulados no capô.

Em outras condições, eu nunca entraria naquele carro. Mas agora o meio de transporte é a última das minhas preocupações. Aceitaria qualquer um, desde que pudesse pagar e o motorista tivesse ideia de como chegar àquele ponto vermelho no final de uma rota improvisada sobre um mapa antigo.

— O senhor conhece este lugar? — pergunto, constrangida, apresentando o papel ainda protegido pela cobertura de plástico.

O homem analisa o mapa. Se estranha o documento, não demonstra em nenhum músculo de sua face escurecida pelo sol. Diz que sim, dá o preço, mais módico do que eu imaginava, e me indica a porta traseira do veículo. Estou aliviada, mas também apreensiva. Acabo de entrar no carro de um estranho e vou percorrer um caminho que não existe em qualquer sistema de georreferenciamento usado por serviços de resgate de passageiros em apuros.

Pouco tempo depois, chacoalhando no banco meio esfiapado, me dou conta do óbvio: o homem à minha frente está acostumado a transitar no invisível. Seu carro é tão desconectado quanto eu. Mas ele tem a vantagem da experiência e da memória para conduzir os passageiros pela concretude de um pedaço do mundo que eu desconheço completamente.

Mais uma vez, Alex acertou em suas previsões. As sinuosidades daquele caminho se encaixam perfeitamente na rota desenhada por ele sobre as vias do antigo mapa analógico. O asfalto se esfarela, misturado às pedras e à terra batida, mas com certeza ainda existe. Tudo indica que seguimos em direção ao local misterioso indicado pelas coordenadas na contracapa do meu livro.

Minha mente, moldada por figuras geométricas e linhas retas, se inquieta diante daquele labirinto intensamente habitado. A falta de conexão me deixa ainda mais em alerta. Por precaução, tiro um dispositivo da mochila. Se necessário, posso acionar Alex, a única pessoa que sabe onde estou. Farei isso apenas em último caso. Não desejo ameaçar todo o nosso planejamento.

Não esqueço de meus temores, mas aos poucos me distraio deles com o que vejo do lado de fora. A região que percorremos, tão diferente da vila em que vivo, prende minha atenção. Os casebres que vi apenas de longe agora se distribuem irregularmente à nossa volta. Galinhas e patos ciscam soltos ao lado da estrada. Cabecinhas de crianças surgem nas janelas protegidas do sol intenso por panos coloridos. As pequenas telas em suas mãos indicam que as pessoas que vivem ali também estão conectadas.

— Veio a passeio, moça?

A voz grave do motorista me devolve ao interior morno do carro e aviva meus receios. Uma pergunta neutra e até esperada. Não esperava que percorrêssemos todo aquele caminho sem trocar nenhuma palavra. Mas o interesse ameaça me tirar da redoma de segurança que preciso criar para estar sozinha naquele carro.

Revelar meus objetivos está fora de questão, mesmo naquele ambiente sem qualquer tipo de vigilância remota. Não posso confiar em ninguém. Mesmo que quisesse conversar, minha história pareceria bastante estranha. Ninguém acreditaria numa garota que atravessa metade do país sozinha em busca de uma pessoa desaparecida em um lugar que nem ela sabe se existe.

— Mais ou menos isso — digo apenas. Uso o tom de voz mais neutro possível e escapo do ângulo do retrovisor.

Ele não insiste. Tem traquejo suficiente para interpretar corretamente a resposta evasiva de uma passageira. Meia hora de silêncio depois, paramos numa esquina no meio de uma nuvem de terra seca.

— O local deve ser por ali. — Ele aponta uma via estreita com espaço apenas para a passagem de pedestres. — Pergunte naquele bar, eles devem te indicar o caminho certinho.

Identifico a portinha discreta ao lado de uma imagem enorme de propaganda de refrigerante. Não tenho tempo de perguntar mais nada. A porta se abre com um rangido e uma onda de calor me atinge de supetão. O carro pode estar deteriorado por fora, mas com certeza mantém um sistema razoável de ar-condicionado. Meio atordoada, pago o que devo e saio. Não sou rápida o suficiente para escapar do poeirão que o carro levanta assim que o motorista acelera.

Parece que cheguei ao inferno. Mal consigo puxar a maleta para a sombra débil de um grande cacto cheio de pontas agudas. O suor gruda na poeira da nuca, a cabeça está atordoada, o corpo todo nadando num calor que beira o insuportável.

Resistindo ao torpor, caminho o mais rápido que consigo até a placa de propaganda de refrigerante. O sol queima meus ombros e meus miolos. Entro ofegante e preciso de um tempo para recuperar o ar e adaptar as retinas à repentina mudança na intensidade da luz.

Duas mesinhas com cadeiras de metal preenchem o espaço apertado, decorado com mais imagens de propaganda. Uma TV sem som projeta sombras no piso de cimento queimado. Atrás de um balcão nos fundos, um rapaz enxágua um copo ensaboado numa bacia com água.

— Posso ajudar? — Ele enxuga as mãos num pano meio encardido e sai de trás do balcão.

— Água — consigo responder, praticamente me jogando sobre uma cadeira.

Ele me entrega a garrafa e volta para trás do balcão. O frescor escorre pela minha garganta, o ar movimentado por um ventilador antigo alivia um pouco o calor do meu rosto. Aos poucos saio da inércia. Recupero o controle de pernas, braços e ideias.

— Pode me dizer onde fica este local? — pergunto por fim ao rapaz, indicando o selo do livro. — Deve ser uma biblioteca antiga, ou talvez uma livraria que ainda vende artigos feitos de papel.

Ao contrário do motorista, o rapaz do bar nem precisou olhar o mapa ou o livro em minhas mãos.

— Conheço, claro. É logo aqui ao lado. — Ele se aproxima da porta e aponta para o lado esquerdo da rua de pedras. — Duas quadras, no máximo.

Caminhar mais duas quadras ali é mais torturante que dar dez voltas na minha vila sob o sol mais forte do dia. Até mesmo a singela sombrinha de Alice seria um luxo naquela terra esturricada. Os únicos seres vivos do lado de fora são duas moscas pretas e gordas voando sobre uma fruta apodrecida no chão.

Tomo o resto da garrafa d'água, guardo outra na mochila e pego o rumo indicado. Ando devagar, quase tocando as paredes, para me proteger nas sombras encolhidas que escapavam das bordas do telhado sob o sol a pino. Sigo meio às cegas, ainda desacostumada com a falta de setas e vozes a me orientar. Não há nomes de rua nem números nas casas. Mas não preciso deles para reconhecer o lugar que venho procurando desde o incêndio na casa do Professor.

A casa branca, com teto de apenas uma água coberto por telhas vermelhas, tem os traços parecidos com o desenho do selo. Até passaria por uma residência comum, dessas construídas há mais de cinquenta anos, não fosse a pequena placa pendente acima do vão da porta fechada.

Não preciso pegar o livro para confirmar o que já esperava. O selo é uma réplica da placa. A única diferença é o nome acima do desenho: "Biblioteca do Deserto".

Não há campainha nem porteiro eletrônico. Então bato diretamente na porta em formato oval. Ninguém aparece. Aguço os ouvidos, tento o trinco de ferro, bato novamente. A biblioteca parece estar fechada.

Esgotada, sento-me no degrau da entrada sob a sombra de uma estranha arvorezinha de galhos retorcidos. Descanso a cabeça entre os braços. Estou tão cansada que não consigo sequer pensar no que fazer. A fome retorce meu estômago, sinto o corpo amolecido e inchado pelo mormaço que brota do chão.

Um som de passos arrastados se aproximando me tira do torpor. Abro os olhos e um par de botas surradas, cobertas pelo mesmo pó claro da rua, surge na minha frente.

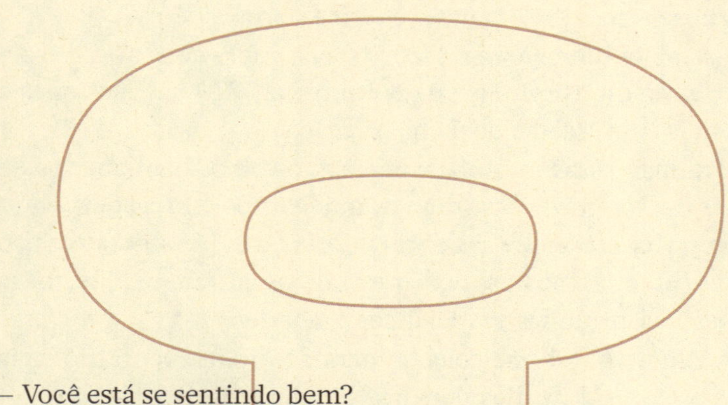

— Você está se sentindo bem?

Fico em pé o mais rápido que posso.

A mulher que calça as botas não parece combinar com os próprios pés. Usa uma saia leve na altura dos joelhos, camiseta de renda e um chapéu de abas largas feito de algum material parecido com palha.

— Melhor entrar, está muito quente aqui — diz ela, abrindo a porta com uma pequena chave de metal.

Não esperava sentir de novo aquele cheiro. O odor único que se desprende de páginas guardadas há muito tempo. De todas as coisas perdidas na biblioteca do sótão, essa era a última que imaginei sentir falta. Mas talvez o olfato tenha o poder de encurtar caminhos, atravessando em segundos os limites do tempo e do espaço.

Um olhar de relance basta para me trazer a certeza. Se não fosse o teto reto, sem as reentrâncias e claraboias do sótão, os dois espaços seriam a imagem um do outro. As mesmas prateleiras simples revestindo as paredes, os mesmos corredores, os nichos identificados com letras e números. E os livros apoiados uns nos outros com organização e método.

A maior diferença é o espaço mais amplo no centro da sala. Em vez da escrivaninha e da poltrona, há algumas mesinhas e cadeiras com assento de palha trançada.

Numa dessas mesinhas, percebo os olhos bem abertos de uma criança sobre a capa dura de um livro. Se estava aqui dentro o tempo todo, por que não abriu a porta quando bati? Talvez não tivesse autorização para deixar estranhos entrarem. E, de todas as pessoas estranhas, eu devia ser a pior delas.

A mulher que me colocou para dentro, ao contrário, agia com a desenvoltura de quem pisa em seu próprio ambiente.

— Deixe suas coisas onde quiser — diz — e fique à vontade. — Ela pendura seu chapéu num prego perto da porta e atravessa a sala até uma minicozinha, com pia e um refrigerador compacto.

— Pelo jeito, você veio de longe. Aceita um copo de suco para refrescar?

Concordo com a cabeça, ela enche um copo de vidro até a borda com uma bebida amarelada e me oferece gomos de fruta em um pote de cerâmica.

— Acabo de colher. Talvez te ajude a se sentir melhor.

Não reconheço a fruta nem pela forma nem pelo sabor. Mas a fome e a sede me fazem devorar rapidamente a carne macia e levemente azeda enquanto o caldo escorre entre meus dedos.

— Não se preocupe — continua ela, entregando-me um guardanapo de pano estampado.

Enxugo o queixo e as mãos, meio envergonhada do meu súbito ataque de gula. Tento compassar meus goles de suco o suficiente para preservar o mínimo de dignidade diante de pessoas estranhas. O entusiasmo que esperava sentir ao chegar àquele lugar acabou por se resumir ao alívio. Colocar algum alimento no estômago e descansar num lugar refrigerado com um copo de bebida fresca nas mãos era tudo de que eu precisava.

Enquanto como, a mulher guarda o restante das frutas no refrigerador e se aproxima do menino que, pelo visto, não havia conseguido retomar a leitura desde o momento em que entrei na biblioteca. Os dois trocam algumas palavras e o menino sai rapidamente, levando seu olhar curioso e o livro embaixo do braço.

Ela, então, se senta diante de mim. Há algo familiar em sua maneira de cruzar as mãos e me olhar embaixo da franja comprida demais.

— Agora me diga, como posso te ajudar?

Eu poderia desatar minha coleção de palavras, contar toda a história que você está lendo aqui. Mas apenas tiro o livro da mochila e mostro a ela a etiqueta na contracapa.

— Eu encontrei este livro em um lugar muito parecido com este aqui. A senhora pode me dizer se veio de sua biblioteca? Muitos outros livros de papel guardados lá têm esse mesmo selo.

A mulher pega o livro com cuidado, olha apenas rapidamente para o selo e se detém nas condições gerais da obra. Examina a capa e os cantos e folheia algumas páginas, parando naquelas onde aparecem as anotações a lápis feitas pelo Professor.

— Sim, fomos nós que enviamos essa obra, e creio que sei de onde você a retirou. Não esperava encontrar um exemplar em tão bom estado depois do que houve na biblioteca do Professor.

Foi uma pena realmente — diz ela, ainda avaliando cuidadosamente o livro.

Por fim, parece satisfeita com a inspeção e deposita o livro com suavidade sobre a mesa. Sua atenção ainda permanece presa na capa, os dedos tocando levemente as palavras do título, como se acariciando um pensamento.

Ela conhece a biblioteca do sótão. Ela sabe do incêndio. Ouvir isso me faz recuperar a coragem.

— Sempre pensamos que as grandes fogueiras ficaram no passado. Mas parece que elas nunca param de arder, não é? — ela continua. — Enquanto houver páginas para queimar, o fogo estará à espreita. Assim como... os guardiões.

Guardiões.

A palavra permanece no ar, suspensa num silêncio que precede ou antecipa. Ela ecoa em minha memória como um conto de fadas. Tão longa quanto os séculos, resquício de aventuras antigas, narrativas místicas sobre preciosidades protegidas por magos e valentes em longas epopeias.

Novamente, tenho a impressão de que minha viagem segue o roteiro daquele livro, como se o tempo girasse em círculos, sobrepondo cenas, tempos e narrativas de fugas e bibliotecas queimadas.

Ela empurra o livro em minha direção, mas não me movo.

— Esse livro não é meu — recuso. — Preciso devolvê-lo ao Professor. E preciso saber onde ele está.

A mulher apoia as costas na cadeira. Os gestos solícitos se transformam de súbito em uma expressão grave.

— Creio que você esteja certa. Nenhum desses livros tem mais um único dono. Mas entre nós, que ainda os apreciamos, quem salva um livro se torna seu protetor, o que é uma responsabilidade muito maior do que apenas possuir — diz ela.

Com um gesto tão direto quanto sua voz e seu olhar, ela volta a me estender o livro.

— Fique com ele por enquanto. Sobre encontrar o Professor, não é tão simples, mas vou ver o que podemos fazer. Ele não atrairia você para cá sem um bom motivo, não é? Agora pode me dizer o seu nome?

Por um momento não sei o que responder. Isis ou Maya? Qual das versões de mim poderia estar ali naquele momento?

Desde que entrei, tento decidir se posso confiar naquele ambiente. Sem nenhum dispositivo ou assistente à vista, o espaço me parece tão seguro como o sótão do Professor. Mas não posso ter certeza.

Como combinado, a essa hora, Alex deve ter encaminhado as mensagens para minha mãe e meu pai. Um imprevisto obrigou Maya a passar a noite na cidade onde deveria pegar o avião para a casa do pai. No dia seguinte, conforme planejado, ela avisaria a ambos sobre uma nova decisão: permanecer por uns dias na capital para esfriar a cabeça e aproveitar as novidades.

Maya segue assim seu caminho de jovem deslumbrada, vivendo alguns dias de rebeldia inofensiva numa grande cidade antes de voltar para a proteção da família e de sua assistente virtual. Sua mãe ficaria surpresa. Seu pai, entusiasmado pela coragem repentina da filha acomodada, talvez até aliviado da convivência descolorida com uma adolescente desconectada.

Tudo isso me vem à mente na velocidade de um relâmpago. Sinto que eu e a mulher ainda estamos apalpando as palavras, espreitando cada mínimo movimento uma da outra. Ela se adianta:

— Fique tranquila. Você está segura aqui. Este é um espaço exclusivo para leitura, troca, empréstimos e compartilhamento de livros.

— Sim, claro — respondo imediatamente. Estendo a mão livre. – Sou Isis, muito prazer. E a senhora, como se chama?

A mulher aperta minha mão. Sua expressão dura se suaviza.

— Me chame apenas de Irina. Pelo que vejo, Isis — e a pausa diante do meu nome revela sutilmente que ela também ainda não confia em mim —, o Professor continua afiado na hora de escolher seus discípulos. Como disse, ele não está aqui, não mais. Vamos precisar de alguns dias para entrar em contato com ele. Enquanto isso, posso oferecer pouso e alimentação. Tudo muito simples, como já deve ter percebido. Se tiver interesse, claro.

Concordo, obviamente, dessa vez rápido o suficiente para não deixar nenhuma dúvida sobre minha gratidão. Minha bagagem no chão e meu estômago apenas distraído pelas frutas me lembram da minha total falta de opção diante da perspectiva de passar a noite em um lugar desconhecido.

Irina lava o copo e o prato, guarda alguns livros espalhados pelas mesas, fecha as duas pequenas janelas de madeira e tranca de novo a porta. Ao pisar na rua, somos recebidas pelo zumbido dos insetos. Também eles parecem mais despertos pelo frescor do anoitecer.

Caminho ao lado dela até que as casas começam a rarear. Até agora, meus planos funcionaram com perfeição. Eu encontrei o endereço indicado pelo selo, o local de onde saíam muitos dos livros da biblioteca do sótão. Mas isso significa também que não há mais um caminho predeterminado a seguir. Estou por minha conta. O paradeiro do Professor e os motivos do desaparecimento dele continuam desconhecidos.

Após um banho frio e uma refeição saborosa composta de peixe, farinha e alguns legumes, posso finalmente relaxar sobre um lençol limpo. Penso no que já alcancei. Além da barriga cheia e de um teto decente, Irina me ofereceu uma outra coisa muito valiosa. Uma promessa. Já é o bastante para me colocar novamente em movimento.

///

O som agudo me acorda na manhã seguinte. Abro os olhos num susto. Gorjeios, cacarejos, trinados, piados, assobios distantes se misturam do outro lado da parede, tão perto que os bichos parecem estar ao lado da cama.

Afasto a cortina escura que cobre a vidraça e o quarto se encharca de luz. A ave preta, com as pontas das asas mescladas com a cor da terra, posa, imponente, com a garganta para o ar. É a primeira vez que vejo um galo cantando a um metro de mim. É a primeira vez que vejo qualquer galo. Meia dúzia de frangos e alguns pássaros pequenos ciscam em torno dele num rebuliço alimentício, os bicos recolhendo o alimento no terreno batido.

Uma garota mais ou menos da minha idade joga a comida aos punhados. O chapéu, o mesmo que Irina usava na véspera, esconde parte do rosto. Ela esvazia a bacia encardida que tem nas mãos e some de vista sem reparar em mim. Logo depois, retorna com uma espécie de regador.

De onde estou, vejo apenas uma pequena parte da estrutura com cobertura branca de onde sai o cano. É um pequeno reservatório de água. Com o regador cheio, a menina se embrenha nuns verdes que ocupam uma área mais ao fundo. Parece um pequenino oásis na terra pálida, uma ilha feita de caules e folhas. Terminado o curto limite de verde, o solo segue arenoso até alcançar o sol ainda baixo. Embora bem menor, havia uma cisterna como aquela no quintal do Professor.

— Tenho aqui água suficiente para minhas árvores e hortaliças — ele me disse uma vez. — Ainda podemos contar quase sempre com o sistema de abastecimento coletivo para as outras necessidades diárias, embora os reservatórios estejam minguando a cada dia. Mas há lugares em que a cisterna precisa guardar água por muitos e muitos meses. Cada gota tem um destino certo: uma planta, uma panela, uma boca.

Penso nisso ao usar o mínimo possível de água para escovar os dentes na pia esmaltada. O pequeno banheiro do corredor tem aspecto rústico e cheiro de algum produto de limpeza. Os azulejos brancos chegam até a metade das paredes. Têm um tom amarelado que lembra as páginas dos livros mais antigos. Acima dos azulejos, a parede é coberta apenas pela cor e pela textura do cimento. Uma cortina plástica transparente separa o compartimento do chuveiro.

Lavo o rosto rapidamente com um pedaço de sabão que encontro num pratinho raso. Não é tão liso e perfumado quanto os sabonetes que temos em casa. Este tem o formato irregular e o aroma neutro, mas sinto a pele fresca e suave após usá-lo.

Enxugo as mãos numa toalha de pano e vejo minha imagem no espelho. O rosto emoldurado pelo quadradinho está queimado de sol, os cabelos, mais ondulados sem as chapas e secadores. Passo o pente, prendo os fios num rabo de cavalo. Ao sair, dou uma última olhada. Tenho a impressão de que meus olhos também estão mais desembaraçados.

O café da manhã está posto na cozinha sobre uma toalha clara, com desenhos delicados bordados em fio preto. Um cacto preenchido por espinhos, um animal, um homem de chapéu e um sol caem nos cantos da mesa. Sobre ela, um prato com a mesma frutinha que comi na véspera, um bule de chá e uma espécie de bolo salgado com gosto de milho. Esta casa modesta é toda feita de minúcias.

Noto que não há climatização. O ar ainda fresco da manhã entra livremente pela janela aberta. Do outro lado, as aves continuam a gargantear, mas a garota não está mais lá. Deste ângulo, visualizo uma outra casa, atrás da plantação. As paredes claras estão salpicadas de sombras no formato de folhas miúdas. A árvore próxima é também uma sombra escura desenhada pelo sol baixo do outro lado.

A escassez dos recursos que me oferecem está à vista. A água de banhar e beber, o bolo no prato, as frutas e o ar refrescado, tudo contido em estritos limites traçados pela cisterna e por diminutas placas de captação de energia solar que ajudam a levar a água coletada pelos telhados às raízes da árvore e das hortaliças. O quintal do Professor, que antes me impressionava, agora parecia minúsculo diante daquele sistema.

Penso no pouco dinheiro que tenho para pagar por tanto esforço. Não sei por quanto tempo meus recursos serão suficientes. Além de me manter, preciso garantir o retorno. Pergunto sobre minha contribuição e Irina esclarece:

— Aqui não se paga acolhida apenas com dinheiro. Toda ajuda é útil e necessária.

— Terei prazer em ajudar. Diga o que posso fazer — respondo, preocupada. Diante da realidade da casa e seu entorno, sou uma completa imprestável. Quem dera soubesse de plantas e animais, de água e energia o suficiente para ser útil num lugar como aquele. Nem preciso externar minhas deficiências, por demais óbvias.

— Você pode me ajudar com os livros. Recebemos novos exemplares há pouco tempo e outros foram devolvidos pelos leitores. Precisamos organizá-los corretamente para facilitar as consultas. E atender as pessoas. Tenho outras atividades no momento e seria bom poder contar com alguém por uns dias. Pode fazer isso?

Não preciso de palavra para concordar. O sorriso involuntário fala por mim. Não imaginava que estaria de novo entre livros. Será muito bom reencontrar antigas alegrias.

///

Poucos livros daquela pequena biblioteca são meus conhecidos. Os títulos da Casa do Muro quase sempre me conduziam para fora do meu mundo fechado entre telas e janelas. Aqui, ao contrário, os livros parecem levar cada vez mais para dentro, revelando o íntimo desta terra que eu apenas começo a conhecer.

Em vez dos romances e livros de Filosofia e Política, eu agora preencho estantes com livros de Biologia, Geografia, registros de plantas e animais e registros arqueológicos de antigas culturas locais. Também há muitas histórias, mas suas palavras quase sempre parecem refletir a secura da terra e da vida.

Em minhas primeiras horas na biblioteca, Irina vem me ver a intervalos. Não interrompe meus mergulhos rápidos dentro das capas, minhas curiosidades percorrendo as estantes. Entra e sai tão silenciosa que não a percebo bem próxima, recolocando um material no espaço destinado à poesia.

— Por que tantos livros sobre plantas num lugar tão seco? — A dúvida no pensamento me escapa pela boca sem querer. Não me dirigia a ela, mas meu quase sussurro recebe uma resposta rápida.

— Temos livros justamente para que as securas não nos afoguem — murmura, dura como a capa do livro em minha mão.

Não tenho coragem de corrigir a frase, explicar melhor a questão que me intriga. Irina sai tão rápido como chegou e me deixa horas sozinha, espanando a poeira acumulada, ruminando minha ignorância e o mau jeito com as palavras.

Mais tarde, ao me servir novamente o suco fresco de fruta, ela volta ao assunto com mais paciência.

— Sobre sua pergunta, creio que possa te explicar melhor. Temos um pouco de tudo, mas nossa biblioteca retrata principalmente nosso ambiente, nossa história e maneira de viver. Guardamos aqui as técnicas antigas, as descobertas de pesquisadores, as observações e experiências de moradores, agricultores e estudiosos ao longo do tempo. Com esse conhecimento, podemos cuidar da terra, conseguir água, energia, preservar a fertilidade, a cultura. Por isso tantas pessoas ainda nos procuram — explica, apontando para a sala.

Algumas pessoas andam entre as estantes, escolhendo livros. Um grupo de estudantes com idade entre 10 e 11 anos conversa sobre algum tema da escola na mesa próxima à janela. Não são muitos, mas parecem uma multidão diante do vazio que sempre encontrei na biblioteca do Professor.

— A maioria aqui não consegue pagar pelo acesso ao conhecimento arquivado nas nuvens. Desde que os *downloads* se tornaram quase impossíveis, muitos perdem todo o material de estudo porque não conseguem pagar as taxas de acesso — explica ela.

— A biblioteca não consegue disponibilizar a conexão? — ouso observar, temerosa da reação de Irina. Não consigo imaginar como seria minha vida completamente sem acesso às nuvens.

— Também fazemos isso – diz Irina, calmamente —, mas muitos desses livros não foram digitalizados, desapareceram na transição entre o sistema físico e o digital. Venha, vou te mostrar o que fazemos aqui.

Ela termina de tomar o suco, deixa a louça na pia e me conduz por um corredor que se abre discretamente entre as prateleiras no fundo da sala.

As luzes e os sons abafados que escapam pelas frestas das portas indicam que aquela parte da biblioteca não é tão desconectada como eu imaginava.

— Nesta primeira sala, você pode acessar tudo o que está acostumada – diz ela sem abrir a porta —, se estiver interessada.

Eu estava extremamente interessada, é claro. Vivia fora do ar há três dias, com certeza o maior tempo que conseguia me lembrar. Já estava reduzindo as vezes em que olhava para a mão ou o pulso quando queria saber algo. Mas a sensação estranha de falta, de ausência de algo, persistia.

Desde a minha chegada, penso na melhor maneira de me comunicar com Alex. Eu precisava falar com ele com urgência. Para dar notícias, mas também para saber se os planos de Maya corriam como planejado. Só assim posso me conectar como Isis em segurança.

Mesmo com minhas precauções, não descarto a possibilidade de a polícia ter descoberto minha visita a Alex. Se chegaram a ele, talvez estejam neste momento monitorando todos os seus contatos. Para conseguir desviá-los de Maya e do Professor, precisamos agir em sincronia.

Minha mãe e até mesmo meu pai me preocupam também. Eu devia ter chegado à casa de meu pai há mais de 24 horas. Se Alex enviou as mensagens de Maya, como combinamos, minha mãe deve estar imaginando que suas suspeitas eram infundadas. Se elas não chegaram, deve estar preocupada. Espero que meu pai não tenha a ideia de procurar a polícia.

O acesso aos canais da biblioteca é minha oportunidade de voltar ao controle e planejar o que fazer a seguir. Mas não gostaria de fazer isso com Irina ao meu lado, não ainda. Vejo que ela agora entra pela segunda porta do corredor sem olhar para trás ou repetir a oferta. Minha conexão terá de esperar.

A sala, menor que meu quarto na casa de Irina, é completamente diferente de tudo que eu havia visto naquele lugar. Parece uma miniatura do escritório de Alex, com janelas vedadas, ambiente climatizado e luzes direcionadas. Vejo duas telas grandes na parede contrária à porta. Diante delas, a garota do quintal trabalha, concentrada. Ela só percebe a presença de Irina quando já estamos ao seu lado.

— Olá, mãe, precisa de alguma coisa? — ela vira o rosto, meio a contragosto.

— Oi, Alana. Não quero atrapalhar, mas talvez você possa ajudar nossa hóspede. Ela trabalhou bastante hoje na arrumação da biblioteca e tem interesse em nosso trabalho — responde Irina.

Alana gira a cadeira em nossa direção e me olha de frente. Tem os olhos espantados, o cabelo crespo na altura do ombro e nenhum sinal de maquiagem. É, com certeza, a menina que vi pela manhã aguando os canteiros. Um pequeno aparelho na mesa reflete uma luz suave sobre uma página aberta em suas mãos.

— Claro que posso, mãe — responde, agora com o rosto mais relaxado e um quase sorriso num dos cantos da boca. — Quem sabe não consigo também uma ajudante?

///

Monto o quebra-cabeças aos poucos, entre arrumações, atendimentos, copos de suco e o trabalho, agora também meu, de varrer a casa e alimentar os animais. Partes da história da biblioteca foram contadas por Irina, outras, por Alana. Recolhi também trechos em conversas com leitores mais antigos.

A história começa nos últimos dias da grande biblioteca física da universidade regional. Naqueles dias, os bibliotecários haviam recebido um prazo para digitalizar tudo o que não estivesse ainda nas nuvens. Sem o interesse das editoras em fazer a conversão, parte do acervo permanecia apenas na forma física. O único modo de salvá-lo seria fazer o trabalho manualmente, página por página.

Os livros ocupavam um prédio enorme, com três andares e inúmeros blocos. Por semanas, as luzes não se apagaram no subsolo onde ocorria a digitalização. Funcionários e estudantes trabalhavam em turnos, dormindo em colchonetes entre as montanhas de livros nas poucas horas de repouso.

Ainda assim, quando o prazo terminou, no dia 31 de dezembro daquele ano, milhares de livros continuavam nas prateleiras.

A direção da biblioteca tentou negociar um tempo maior, mas o Departamento de Educação foi irredutível. Nos dias seguintes, os prédios de escolas e bibliotecas seriam entregues a novos proprietários. As despesas com a biblioteca tinham de sair do balanço daquele ano. Era preciso economizar para organizar o novo sistema com as plataformas digitais.

Irina, naquela época, ainda era estudante e trabalhava como estagiária na biblioteca.

— Tivemos pouco tempo para esvaziar tudo antes da chegada do serviço de reciclagem — conta ela. — Então pedimos ajuda a outros estudantes e a todos que ainda estavam no *campus*. Nossa maior preocupação eram os livros da seção regional. Muitos não tinham outras edições, físicas ou virtuais. Alguns só existiam em nossa biblioteca.

Durante aquelas últimas horas, as pessoas retiraram o que a universidade demorou décadas para reunir. Os livros partiram dentro de mochilas, malas, carrinhos de mão, carroças, carros, lombos de burros e nas mãos de qualquer um que quisesse e pudesse carregar. Quando os recicladores chegaram na manhã seguinte, encontraram apenas rastros e algumas páginas perdidas na confusão. O prédio estava vazio.

Por muito tempo, Irina só teve notícia da parte que lhe coube, duas dezenas de livros amontoados em sua casa, e de alguns exemplares salvos por amigos.

Anos depois, ela recebeu esta casa de herança da avó paterna. Estava em bom estado e parecia o lugar adequado para uma biblioteca. Começou então uma campanha para recuperar os livros perdidos. Muitos tinham virado pó nos fogões a lenha. Outros foram revendidos para colecionadores e decoradores.

Alguns desapareceram por completo. Mas, surpreendentemente, vários ainda estavam em bom estado. Eram ainda consultados e lidos.

— Uma senhora nos contou que o livro trazido pela filha foi a única história completa que leu na vida. Ela guardava o volume com cuidado numa prateleira ao lado dos santos de seu oratório — conta Irina. — Outros os consultavam para aprender e resolver problemas do dia a dia. Resolvemos, então, criar um espaço comunitário onde os livros pudessem ser trocados e compartilhados.

No início, os organizadores pensaram que seria uma situação provisória. Ninguém mais imprimia livros de papel, as bibliotecas físicas desapareciam, as pessoas se desfaziam de seus acervos. Mesmo os leitores mais tradicionais acabaram se acomodando nas telas pequenas, aonde os livros chegavam mais rápido, sem os custos de envio.

O objetivo inicial era aos poucos digitalizar os conteúdos, evitando que desaparecessem. Os livros sobre a região eram os mais vulneráveis. Depois de anos de uso intenso, começavam a se desintegrar. E eles eram mais necessários que nunca.

Quando o deserto avançou, comendo campos e cidades, a procura pela biblioteca aumentou. Há muito dizia-se que a secura era inevitável. A natureza era culpada pelo avanço das areias, a quentura do clima, o rarear das chuvas.

Entre as estantes, agricultores e pesquisadores descobriram que o inevitável só havia ocorrido porque as pessoas não souberam cuidar da terra e das plantas. Com a ajuda dos livros, puderam analisar os pontos positivos e negativos dos modos antigos de cultivo, as pesquisas esquecidas, os experimentos e técnicas abandonados por falta de interesse dos governos. Foi o ponto de partida. Com informação e experiência, os moradores começaram a conter as areias.

Foi assim que os livros da biblioteca ajudaram a formar uma muralha diante do deserto.

/ / /

Muro.

— Nós chamamos a casa do Professor de Casa do Muro. Mas lá tínhamos realmente uma muralha feita de ferro e concreto.

Irina sorri.

— Um belo nome, Casa do Muro. Talvez sirva para todas as bibliotecas que restam, afinal. Todas existem nos limites, nas bordas. Nos equilibramos diante de abismos de muitas naturezas.

/ / /

Enquanto acompanho o trabalho de digitalização, identifico alguns títulos que vi na mesa do Professor poucas semanas antes de seu desaparecimento. O interesse dele por áreas ligadas ao meio ambiente não me surpreendia, mas encontrar os mesmos volumes na sala de digitalização não podia ser uma coincidência.

Comento com Alana.

— Sim, compartilhamos algumas edições com ele. É um intercâmbio comum entre leitores e guardiões de livros, uma forma de garantir que os originais estejam em segurança. O Professor mantinha obras bastante raras. Quando você chegou, tivemos esperança de recuperá-las.

Acompanho seu olhar até o espaço vazio na prateleira. Gostaria de me desculpar, de dizer o quanto gostaria de ter feito mais. Mas não consigo. Parte do trabalho de sua vida inteira tinha virado cinza molhada e pisoteada por um bando de insensíveis. Nada que eu diga pode aliviar minha culpa.

Mas o que eu posso fazer? Ao contrário de Irina e Alana, eu estou sozinha. O abismo diante da Casa do Muro fora cavado pela indiferença. Vivíamos num lugar de cigarras e árvores proscritas, tijolo contra vidro, janelas intransponíveis. Um vazio de compaixão, de sentido, de conhecimento.

Nosso deserto havia muito cobria o lado de dentro. Matamos o mundo e tentávamos recriá-lo em vidas *digifi*, como aprendizes de Frankenstein feitos de restos de realidade e fantasia. Por isso eu preciso encontrar o Professor. Desaprendi a sobreviver no deserto.

///

Em meu segundo dia na biblioteca, Irina me entrega a senha, sem fazer perguntas. Apenas recomenda que eu use a primeira sala para a conexão, onde não há ninguém naquela manhã.

Pego o dispositivo de Isis, me conecto e escuto. “Bom dia, Isis, o que vamos fazer hoje?”

Beth tem a voz clara, articula as palavras com delicadeza e precisão. É solícita, mas distante. Cabelos pretos, curtos, sobrancelhas e esmaltes azuis. Por um instante, sinto falta dos traços suaves, da familiaridade de Lua. Não confio nesta voz e neste rosto, não os reconheço. Sei que Lua não é mais confiável que Beth. Mesmo assim, meu peito aperta. Pela primeira vez, sinto falta de casa.

— Sem planos ainda — respondo.

Beth alerta para a temperatura acima dos quarenta graus, recomenda cautela para sair de casa, hidratação, roupas com proteção contra os raios nocivos. Um *link* para compras surge na pequena tela. E imagens de locais para visitação na região. Não há muitos, a torre da igreja que vi ao chegar, uma curiosa formação rochosa a oeste. Nenhuma dúvida, nenhum estranhamento por eu estar metida num lugar onde turista algum colocaria os pés. Beth é eficiente, feita sob medida para a aventureira Isis criada por Alex.

Peço o resumo de minhas últimas interações. A Isis empacotada por Beth funciona com perfeição, tem dez vezes mais conexões que Maya, centenas de admiradores e seguidores. Gostaria de explorá-la, explorar-me. Alex é eficiente demais para criar um personagem virtual sem uma boa parcela de realidade. O que haveria de real nela, o que ele via de real em mim?

Poucos minutos depois de me conectar, alguém me chama.

Não reconheço de imediato a figura que surge sob uma camada de filtros coloridos que lhe dão um ar irreverente e divertido. Não identifico os espaços da casa atrás dele. Não tenho ideia de onde está, provavelmente em lugar nenhum. O Alex à minha frente é o amigo perfeito para Isis, assim como Beth é a assistente perfeita para ela.

— E aí, como está sendo a viagem? Conte tudo, sua sumida.

Procuro meu amigo oculto naquele tom de voz irritante. É Alex em uma de suas múltiplas versões para seus universos *digifi*, tão perfeito que chego a questionar se posso confiar naquela pessoa que brilha à minha frente. A naturalidade dele me impressiona, mas também me alerta. Como saber quais são as cores reais de um camaleão?

— Muito interessante! — respondo, o mais animada possível. — Mas um calor terrível! Seria ótimo sair logo daqui, mas tenho de fazer uma parada mais longa. Não estou conseguindo conexão com meu guia do próximo destino. Você sabe como são as coisas nesses lugares distantes. Como estão todos?

— Tudo tranquilo. Sua mãe entrou em contato comigo esses dias. Está sentindo falta de se conectar com você. Acho que ela tem medo de que siga o exemplo daquela sua amiga estranha, a Maya.

Estranha. Então é assim que ele me vê. Mas mantenho o ritmo da conversa. Tento responder com a naturalidade de Isis. Somos dois personagens num palco, sem saber quem são os espectadores.

— O que houve com ela?

— Nada de ruim, imagino. Deve estar se divertindo na capital enquanto os pais se preocupam. Ou resolveu brincar de esconde-esconde com a polícia. Mas os investigadores não estão muito preocupados com ela agora. Parece que encontraram uma nova pista do Professor. Talvez a deixem em paz e ela resolva voltar para casa. Talvez não. Sabe como é, depois da primeira dose de liberdade, é difícil evitar a segunda. Talvez ela resolva finalmente viver a vida.

— Acho que ela não tem coragem para isso. Não aguenta muito tempo sem sua assistente. Não é como eu — respondo sem hesitar. — Agora preciso ir, diga para minha mãe que entro em contato assim que chegar ao próximo destino. Beijo!

— Beijo, divirta-se — despede-se Alex.

Desligo o aparelho com o coração acelerado. Estou exausta. Ver Alex me deu um novo ânimo, mas não conseguiria manter aquele diálogo estranho por muito tempo. O mais importante é que ele teve tempo de me dizer o essencial.

Eu posso me tranquilizar sobre a primeira ponta, meus pais e meu avô. Quanto à outra, preciso ter prudência. Tenho de avaliar se vale a pena continuar a perseguir um fugitivo, agora perto de ser encontrado, ou voltar para casa.

Para decidir, preciso saber mais. Mas pesquisar determinados conteúdos poderia chamar a atenção dos investigadores, principalmente após a conexão entre Isis e Alex. Nós dois sabemos que nossa farsa não vai durar muito, a menos que eu interaja o mínimo possível. Como Isis, devo acessar conteúdos sobre natureza, turismo e culturas exóticas. Nunca notícias sobre o desaparecimento de um professor acusado de fraude e espionagem.

Há também uma outra urgência. Alex revelou que a polícia sabe onde está o Professor ou pelo menos tem boas pistas de sua localização. Se pretendo ajudá-lo, preciso chegar até ele ou avisá-lo do perigo o quanto antes.

Tento organizar os pensamentos, seguir os conselhos de meu avô. O que ele faria no meu lugar?

Eu deixara a vila em busca de um onde. Onde está o Professor? Onde é o ponto vermelho no mapa? Agora que estava ali, qual seria o próximo passo? Quase ouço a voz dele em meu ouvido. "Procure a origem do fogo." A origem. É isso. Estimulada pela viagem, pela avidez da descoberta, eu estava deixando de lado a questão principal. Por que o Professor sumiu? Por que ele está sendo procurado?

Sob o manto dessas perguntas, há uma outra.

Por que Irina não quer me levar até ele?

///

— O que fazem com as versões digitalizadas?

Há curiosidade genuína em minha pergunta. Mas também esperança de me aproximar de Alana. Nunca conheci ninguém como ela. Diferente das garotas de sexta-feira, Alana tem uma clareza e uma concretude que me desconcertam. Se ela confiasse em mim, se eu pudesse confiar nela, pelo menos o bastante, seria mais fácil. Mas isso de confiar não é tão simples para quem passou a vida aprendendo a desconfiar.

— Enviamos os arquivos para pesquisadores, instituições e outras bibliotecas parceiras. Por garantia, guardamos cópias em dispositivos desconectados — ela responde. — Também fazemos uma outra coisa. Venha, eu posso te mostrar.

A existência de outras bibliotecas não me surpreende. Eu e o Professor falamos sobre elas algumas vezes, mas eu imaginava que fossem apenas coleções, fragmentos de passado mantidos por leitores ou colecionadores apaixonados.

A Biblioteca do Deserto me dá outra perspectiva. Mas uma rede é algo ainda mais novo. Uma conexão entre elas significa que há um elo, um objetivo comum. Talvez, se eu souber mais sobre essa rede, possa entender melhor o trabalho do Professor.

Alana segue à esquerda pelo corredor e abre a terceira porta. Quase esbarramos numa mulher baixinha que equilibra vários volumes nas mãos.

— Prepare-se para uma viagem no tempo — diz Alana, de bom humor.

A luz filtrada por umas cortinas curtas de algodão revela um espaço cheio de cores e detalhes. Flores miúdas, desbotadas pelo tempo, cobrem a parede maior. As outras guardam ainda os restos de uma tonalidade azulada. Um lustre de três braços pende no meio do teto e um aparelho circular gira em torno dele com vigor e um ruído baixo.

Alana me apresenta para outra mulher, que está trabalhando na mesa comprida de madeira embaixo da janela. Laura me cumprimenta de um jeito simpático, sem interromper o trabalho.

— Laura faz as costuras, como você pode ver. É o trabalho mais lento e delicado, porque todas as páginas precisam se alinhar perfeitamente.

Olhando mais de perto, percebo que ela usa um instrumento afiado na ponta e uma linha preta bem resistente. Apesar de raros, os trabalhos manuais voltam à moda de vez em quando. É um mercado de trabalho possível principalmente para idosos que aprenderam a bordar ou costurar na infância. Mas, em vez de tecido, Laura une folhas finas de papel, páginas de livros repletas de letras impressas.

— Usamos o sistema manual para restaurar os livros mais delicados. Mas também imprimimos alguns livros raros, com pouquíssimos exemplares disponíveis.

Se guardar um livro já me parecia uma epopeia, imprimir e costurar páginas beirava a insanidade. Eu não via motivos para gastar o tempo de uma pessoa e todo o material necessário para fazer um livro que poderia ser reproduzido indefinidamente sem nenhum esforço. As páginas queimadas, molhadas e pisoteadas eram uma lembrança viva e dolorosa da precariedade daquelas folhas tão delicadas.

— Por que ainda fazem livros de papel? — pergunto assim que saímos da sala.

— Por causa dos apagamentos, claro — ela responde.

Apagamentos.

Ao ouvir de novo a palavra, todo o meu corpo entra em alerta.

Alana continua caminhando lentamente à minha frente. Saímos para o pátio em silêncio. Sinto o sol quente do meio do dia queimar meu rosto e meus braços. Diante de mim, vejo Alana se bipartir, um ombro iluminado, outro protegido pela estreita faixa de sombra projetada pela cumeeira.

— O Professor deve ter falado sobre eles. Foi por causa disso que você veio até aqui, não foi? — continua ela, sem se virar.

Olho para suas costas, surpresa. Percebo de súbito que Alana está muitos passos à minha frente.

///

Apagamento.

As definições de Lua nunca poderiam explicar a dimensão daquela palavra. Eu comecei a entendê-la no final de uma aula sobre registros históricos.

— Você deveria pensar bem antes de depositar sua história nas mãos de alguém — disse o Professor.

Ele falava sobre a memória perdida nos grandes saltos tecnológicos. Cada mudança de suporte deixou para trás um mundo de fotos, textos e vídeos esquecidos na memória de velhos equipamentos ou suportes que se desatualizavam ou estragavam com o tempo.

Minha mãe, por exemplo, tem poucas imagens de sua infância e juventude.

— Ninguém se preocupava muito com isso. Registrávamos tudo, o tempo todo, mas nos preocupávamos mais com as fotos que íamos tirar do que com as imagens que ficavam para trás — disse ela.

Quando as memórias deixaram de comportar tanto conteúdo, começamos a apagar, reduzir. Mesmo assim, custava manter aquelas memórias que quase ninguém acessava. Começamos, então, a confiá-las aos grandes *data centers*. Acreditávamos que estavam seguras lá. Sempre disponíveis. Mas a verdade é que nos esquecemos delas.

Então veio a Guerra.

Fazia pouco tempo que eu tinha mostrado ao Professor o artigo do meu avô, e ele ainda não tinha voltado ao assunto. Dessa vez, falou longamente, as palavras brotando como lembranças abafadas por um longo tempo.

Escrevo aqui o que ele me contou:

"Demoramos para perceber. Acreditávamos nas nuvens. Talvez imaginássemos que nossos livros e memórias circulavam em algum lugar do espaço, girando ao redor da Terra como satélites, protegidos e lacrados por mãos divinas.

Não pensávamos em conferir o que acessávamos. Estávamos distraídos cuidando de nossas bolhas, sem saber exatamente onde elas começavam e terminavam.

Muitos percebiam que as opiniões se radicalizavam, que os algoritmos nos dividiam de acordo com nossos interesses, aptidões e opiniões. Que nossas ideias eram direcionadas e reforçadas. Falava-se que a democracia estava em risco.

Tudo isso se falava. Mas nem a grande epidemia nos fez enxergar. Tentávamos divulgar as informações corretas, desmentir rumores e falsas notícias. Mas não sabíamos o que os outros estavam vendo. Quando percebemos a dimensão do que faziam, já era tarde.

Os *data centers* alegavam ataques de piratas cibernéticos. A polícia dizia investigar agentes das máfias e outros grupos criminosos infiltrados nas empresas. Outros diziam que as próprias companhias permitiam o acesso indiscriminado a seus arquivos para quem pagasse mais ou facilitasse seus interesses.

O certo é que informações, ideias, dados e trechos de livros começaram a ser apagados ou modificados no conteúdo digitalizado. Diferentes versões começaram a circular, alteradas por grupos com interesses bem específicos. Os leitores e estudantes, na maioria das vezes, não sabiam diferenciar uma obra original de outra mutilada ou alterada.

Foi assim que os livros se transformaram em armas de lados opostos da Guerra da Verdade. Cada um com seu estandarte sob medida, suas teses e estatísticas. Ninguém mais sabia quais estavam corretos.

Quando a Guerra da Verdade começou, ela já estava vencida no campo virtual. Não adiantava mais informar, contrapor, dialogar a partir de fatos e dados. Porque, embora eles ainda existissem, não se sabia mais se eram verdadeiros ou não. Cada um havia criado sua própria realidade.

Escolas, centros de pesquisa e jornais fecharam porque ninguém mais acreditava neles. O medo nos encolheu até que coubéssemos apenas em nossas bolhas, nossas plataformas personalizadas, nossas interações cosméticas que apenas reforçam o mesmo, nossos resumos e conversas miúdas. Aprendemos a nos esconder sob nossas figuras virtuais.

Por trás de cada porta ou tela, dentes rangiam, prontos para atacar."

Foi isso que o Professor me contou sobre os apagamentos.

Ele só não me falou o que havia do outro lado.

Estamos sob a sombra farta do umbuzeiro. A árvore tem um tronco curto, galhos grossos saem da forquilha, espalhando-se em verdes. Alana colhe algumas frutas maduras nos ramos mais baixos. Fragmentos de sol que escapam pelo emaranhado de galhos, folhas e frutos desenham figuras em seu rosto.

Alana senta-se ao meu lado sobre uma raiz que se destaca no chão batido. Sinto o cheiro da fruta partida.

— O que você está buscando, Isis? De verdade?

A pergunta direta não me surpreende. Alana não tem medo das palavras precisas, não disfarça o jeito franco, sem espaço para subterfúgios, para hipóteses travestidas de suposições. Sem evasivas, ela me entrega a oportunidade que eu esperava. Tento ser tão direta quanto ela.

— Antes de desaparecer, o Professor deixou um bilhete para mim. Disse que eu deveria procurar a verdade. Acho que ele, de alguma forma, estava pedindo minha ajuda. Acredito que sua fuga esteja relacionada ao trabalho que fazia, algo relacionado aos apagamentos. Preciso descobrir o que está por trás disso tudo.

Alana me entrega um gomo da fruta. Já estou habituada ao sabor azedo. Vinha comendo ou tomando seu suco todos os dias desde que chegara à biblioteca.

— Depois que souber, o que pretende fazer?

A pergunta afiada me faz desviar os olhos. Procuro ajuda na copa da árvore, nas unhas crescidas, nos ruídos discretos de um pássaro. Sem nenhuma voz a me ditar as respostas, só posso suportar o silêncio.

— Você sabe pouco sobre o seu Professor — diz ela. — Mamãe acha que você ainda não está preparada, espera que você desista e vá embora. Mas eu acho que precisa saber. Ninguém que viaja tanto atrás de respostas merece ser mandado embora.

///

Então ela me contou:

"A guerra e as epidemias deixaram o mundo em frangalhos. Não podíamos confiar em nada. Depois que incluíamos nossos livros no sistema, o conteúdo era muitas vezes modificado, e as versões distorcidas se espalhavam sem controle.

Percebemos que nossos livros de papel tinham se transformado em uma reserva de conhecimento, um lastro de verdade na selva das nuvens. Precisávamos protegê-los, manter intacto o conteúdo original de histórias, pesquisas científicas, estatísticas, manuais, documentos históricos e todo o pensamento registrado.

O trabalho era imenso demais para nós. Começamos, então, a

procurar outras bibliotecas. Não foi fácil encontrá-las, camufladas em antiquários, arquivos, velhas coleções de papel que não importavam a ninguém. Mas elas estavam vivas.

Algumas dessas bibliotecas guardavam alguns exemplares raros, outras possuíam ainda milhares de títulos. Reunimos muitas delas. Criamos laços, inventamos nossas formas próprias de comunicação. Cada uma mantém o que considera mais urgente e relevante, e enviamos as cópias para as outras por segurança. Graças a isso, as perdas da biblioteca do Professor não foram ainda maiores.

Parece um trabalho impossível, mas não é tão novo assim. Um dia, copiaram livros à mão em espaços murados por pedras e deuses. Eram poucos diante de uma multidão de despossuídos. Mas, ainda assim, venceram os tempos. Alguns deles estão ainda entre essas paredes."

A história de Alana me lembra um antigo filme de ficção científica, desses com estranhos personagens vivendo em universos paralelos.

— Como nunca ouvi falar de tudo isso?

— Você ainda não entendeu em que mundo vive? — diz ela, um pouco irritada, uma gota de suco no canto da boca.

Ficou me olhando por um instante. Depois que terminou de comer, lambeu os dedos.

— Vivemos sob disfarces. Essas bibliotecas sobrevivem prestando serviços. Nós atendemos estudantes sem conexão. Algumas recebem turistas em busca de um vislumbre de originalidade em um tempo remoto. Outras reproduzem letras, ilustrações, páginas e capas para cenários ou peças de decoração. Assim conseguimos dinheiro para nosso verdadeiro trabalho e nos deixam em paz. As tumbas não costumam incomodar ninguém. A não ser que descubram vida sob as lápides.

Ou num sótão, penso.

Levo a mão à testa. De repente, é óbvio demais. A biblioteca num espaço desconectado. As anotações manuscritas nas margens dos livros, as frases sublinhadas, o trabalho de conferência. Tudo é parte de uma estrutura com objetivos claros, ocultos pela aparência de uma coleção inofensiva. Uma estrutura que começou a desmoronar quando rastrearam as últimas pesquisas do Professor. Preciso saber mais.

— O que o Professor descobriu?

— Ele tinha um trabalho fundamental de vigilância, Isis — diz Alana. — Com seu repertório e sua biblioteca, estava capacitado para perceber alterações em livros importantes. Recebia originais que estavam em risco e investigava as suspeitas. Foi assim que percebeu que os apagamentos e as alterações não visavam apenas as ideias. Havia um perigo ainda maior. Algo que ninguém suspeitava.

///

Mentira.

Com as mãos meladas de caldo do umbu, a milhares de quilômetros daquele sótão, eu descobri que meu professor era uma farsa.

Quase tudo o que imaginava saber sobre ele não existia. De alguma forma, o investigador estava certo. A aparência de homem pacato, com hábitos antiquados e reclusos era apenas um disfarce. E eu, sua aluna, era apenas uma parte do simulacro que criara para agir de acordo com suas verdadeiras intenções. Um álibi, uma fonte de renda, uma ilusão produzida para despistar.

Para manter seus motivos nobres, o Professor se tornara ele mesmo uma mentira. Toda minha jornada, os planos malucos e a vida que abandonara faziam parte dessa mentira. Não havia nada verdadeiro no fim do caminho. Isis e Maya viviam no mesmo mundo de irrealidades, mais sofisticado que os universos *digifi* de Alex. Mais cruel também.

Eu tinha caído na rede e me sentia amarrada por ela por todos os lados, sem saber como e para onde escapar. Mas não podia simplesmente voltar ao início, à minha vida em quatro metros quadrados, com meus aplicativos de ensino, tentando encontrar restos de vidas passadas e futuras em minhas coleções, nas palavras que escapavam pelas frestas daquele universo oco. Uma ilha de nada, onde neste momento eu não reconheceria o rosto de minha melhor amiga e minha babá tinha a mente de um processador.

Não, eu não posso voltar, não agora, que começo a enxergar. Quero seguir, mas sei que não posso mais avançar sozinha. A menina ao meu lado me oferece uma oportunidade que nunca me deram. Talvez eu possa libertar mais uma palavra encarcerada:

Confiança.

Resolvo fazer o que deveria ter feito desde o começo. Conto a verdade. Toda a história sobre Maya, minha fuga de casa com a identidade de Isis, todas os estratagemas criados por Alex, até a conversa que tive com ele pela manhã.

— O Professor está em perigo. Preciso avisá-lo enquanto é tempo, mas só posso ajudar se souber onde ele está — concluo.

Ela limpa a mão na saia, fica em pé e estende a mão para me ajudar a levantar.

— Eu já imaginava tudo isso — diz ela. — Estou feliz que agora podemos confiar uma na outra. Acho que agora podemos contar tudo para minha mãe.

///

Naquela noite, enquanto lava a louça do jantar, Irina começa a responder às minhas perguntas.

— Recebemos informações a respeito de uma grande ofensiva sobre os dados relacionados a uma região a oeste daqui. Os conflitos por lá duram anos, e as informações estão sempre sob ataque. Mas desta vez os apagamentos são tão massivos que suspeitamos que algo grave possa acontecer.

Ela se senta diante de mim ainda com um guardanapo de pano na mão.

— O Professor se prontificou a analisar os registros e descobrir o alcance dos apagamentos. Ele tinha alguns livros na biblioteca dele e enviamos cópias daqui. Fez comparações, cruzou dados, mapas, históricos, notícias, fotografias e montou um dossiê.

— Então foi esse trabalho que chamou a atenção da polícia.

— Sim. Eles perceberam o alcance de suas pesquisas. Tentaram encontrar os resultados, mas o Professor apagou os registros digitais depois de copiar tudo num *chip*. Começaram, então, a montar a história que o colocaria sob suspeita. Os velhos métodos. Envolveram a polícia, os vizinhos, os produtores de conteúdo. Por sorte, minutos antes da prisão, fomos avisados por uma fonte.

— Mas por que o Professor não levou o *chip*?

— Ele teve medo de que o prendessem ao sair de casa e achou mais seguro deixar os arquivos na biblioteca. Nós planejávamos enviar alguém para retirar os livros e o *chip* — diz Alana. — Mas, assim como conhecemos os métodos deles, eles também começaram a perceber os nossos. E chegaram antes de nós.

— O que vocês pretendiam fazer com o dossiê?

— Enviar os dados para jornalistas e organizações do mundo inteiro. Revelar as informações é a única arma de que dispomos.

— Mas não existem mais jornalistas — digo, perplexa.

— Fico surpresa que você, sendo quem é, ainda não tenha percebido, Maya — diz ela com um sorriso condescendente. — Muitos jornalistas estão vivos e trabalham no anonimato. Com a ajuda deles, conseguimos contato com setores da mídia, de empresas e governos. A maioria está preocupada apenas em defender seus próprios interesses, mas um equilíbrio de forças pode ser suficiente para impedir uma catástrofe.

Enquanto fala, Irina digita algo num dispositivo de mesa. Um texto aparece na tela.

— Leia.

Está acontecendo em muitos lugares, em todos os continentes. Nos pedaços do mundo que estão desaparecendo. Alguns já se foram décadas atrás e não podemos recuperá-los. Morreram queimados, soterrados, sob efeitos de guerras, catástrofes naturais plantadas pelo homem em busca de poder e riqueza.

Nosso mundo físico é tão frágil como uma folha de papel. Dos pedaços que se foram, apenas podemos preservar sua memória como ensinamento, como tragédia e como oráculo. Eles são nossos oráculos. Olhemos para o passado para tentar salvar o futuro.

Um desses oráculos agora está em grande risco....

///

É um texto incompleto, mas percebo algo familiar naqueles escritos, na cadência das palavras, na eloquência. Releio o trecho, tentando descobrir o que é. Percebo, então, as letras quase rabiscadas abaixo do texto digitado. Foram feitas à mão sobre a tela, mas também poderiam ter sido manuscritas numa folha de papel.

"Aguardo o envio dos dados faltantes para prosseguir."

Não é apenas o estilo do texto que me intriga. Eu conheço esta letra, a escrita puxada para a direita, as vogais ligeiramente abertas, como se o escritor não tivesse tempo suficiente para fechar os círculos e as reentrâncias.

Com certeza, não era a escrita do Professor nem a de minha mãe. A revelação vem num instante, como uma assombração. Eu já tinha visto essa caligrafia nos recortes empoeirados de jornal guardados há duas décadas no fundo da velha estante de madeira.

///

Sempre pensei em meu avô como alguém que se perdeu de si depois que lhe tiraram o trabalho e a identidade. E agora eu o via nessas letras, mais completo e complexo do que quase todas as pessoas que eu pensava conhecer.

Não, ele não havia desistido. Apenas deu as costas à ribalta, precisou se recolher às coxias para continuar. Meu avô vivia nas margens, nos espaços foscos, ocultos. Discreto como a luz obtusa do fim de tarde que revela mais que o esplendor do meio-dia.

Só agora entendo o que ele me disse diante da araucária de 500 anos.

Meu avô confia na memória do tempo, nos anéis das árvores e na consciência submersa nas pessoas. Desistira de uma parte de si para não abandonar o mundo.

/ / /

Não tenho mais motivos para guardar segredos. O dossiê que todos desejam está protegido num minúsculo invólucro plástico, preso ao menor bolso no interior da minha mochila.

Uma biblioteca bem sistematizada surge à nossa frente assim que conectamos o *chip*. Dados estatísticos. Notícias. Estudos científicos. Monitoramento por satélite de temperatura e vegetação. Evolução da ocupação humana. Fotos. Depoimentos. Tudo em pastas numeradas, subdivididas em documentos, estudos, livros e imagens. Diferentes cenários podem ser compostos a partir deles, desenhados em ordem cronológica.

Tenho dificuldades para compreender. Não estou familiarizada com mapas complexos. As aulas da plataforma me ensinaram apenas a distinguir as linhas gerais da fronteira do país. Mas, com a ajuda de Irina, duas coisas ficam claras numa primeira análise.

Todas aquelas informações se referiam à região que ela comentara, uma vasta área localizada após os limites do Grande Deserto, um lugar onde árvores e rios caudalosos ainda podem ser encontrados.

A segunda certeza é que os cenários mudavam gradualmente, à medida que os dados sobre eles eram alterados. Nos últimos mapas, apenas uma mancha indistinguível restava no centro da imagem.

— Não é apenas um conflito proposital de informação — diz Irina. — Os dados originais foram tão alterados nos arquivos digitais que fica impossível identificar as características físicas da região.

Observo a última imagem. Ela me faz lembrar o estranho mapa vazio que eu e Alex havíamos acessado a partir das coordenadas do selo. Mas agora não era apenas o caminho para uma biblioteca que tinha desaparecido. Estamos diante de uma terra fantasma, uma realidade que vai desaparecendo aos poucos, à medida que as informações são atualizadas nos sistemas.

Agora entendo por que as pistas do Professor me levaram à Biblioteca do Deserto, a centenas de quilômetros do lugar que ele estava investigando. Apenas uma guardiã de livros como Irina poderia me guiar neste labirinto de desinformação e dúvida.

— Há tempos o Professor não responde às nossas tentativas de contato — diz ela. — Acreditamos que nosso sistema de comunicação com ele não é confiável. Precisamos encontrá-lo com urgência e descobrir o que está acontecendo lá.

Novamente eu tenho um ponto vermelho a perseguir, um novo destino em uma terra ainda mais escondida.

///

Já está completamente escuro quando ouço as pancadas na porta. Há horas tento dormir, mas minha mente se agita, oscilando entre hipóteses e possibilidades.

Irina tinha sido clara, no feitio daquela família acostumada a decidir e agir. Ela e Alana partiriam no dia seguinte. Eu deveria voltar para casa e entregar o *chip* ao meu avô. Depois de ter levado aquelas informações para tão longe, eu agora tenho de fazer o caminho de volta.

Encontrar meu avô seria me deparar com um desconhecido. A própria palavra "avô" parece inapropriada para o homem que, durante toda a minha vida, fingiu ser o que não era. Minhas visitas à clínica lembram agora uma cena criada por Alex. Meu avô, mais um de seus personagens.

Imagino o encontro de Isis com o jornalista clandestino. Eu poderia rir, se não fosse tão ruim. A estranheza do pensamento me causa desconforto. Também estou aprendendo a fazer ironias.

Maya deveria voltar para o seu lar. Mas me sinto tão distante dela como da minha própria casa. Um passo após a soleira e cairia num pântano ainda maior de mentiras. Minha própria mãe havia me enganado a vida inteira, escondendo meu avô numa teia de dissimulações e omissões.

As batidas interrompem meus pensamentos. São tão fortes e insistentes que corro para a sala, quase trombando com Alana no corredor. Irina já está na varanda falando com alguém. Quando entra, sua voz está alterada.

— Estão atacando a biblioteca.

Ela pega uma camisa comprida no encosto da cadeira e corre, ainda vestindo a peça sobre o pijama de malha. Alana vai atrás dela do jeito que está. Eu a ouço gritar "mãe, mãe", mas não consigo sair da sala. Estou agarrada ao chão, presa dentro do susto, no estágio indefinido entre o sono e a vigília.

As vozes que chegam da rua por fim me despertam completamente. Irina e Alana chamavam os vizinhos. Ouço gritos, portas batem, alguém liga o motor de um carro.

Disparo para fora o mais rápido que minhas pernas podem correr. Não é preciso me afastar muito para sentir o cheiro da fumaça. Fogo. De novo, o fogo. Sinto o seco da terra na sola dos meus pés descalços, a poeira entrando no nariz. Sei que, neste ambiente, os livros queimarão ainda mais rápido que na Casa do Muro.

Paro a poucos metros da biblioteca. Tusso, tentando expulsar a fumaça dos pulmões. Uma dor violenta penetra minha barriga. Dobro o corpo tentando controlar as ânsias, caio de joelhos, coloco para fora tudo o que está no meu estômago.

> Bombearam o líquido frio que traziam nos tanques com o número 451 presos aos ombros. Com ele ensoparam todos os livros, encharcaram os aposentos.

As palavras do livro de capa vermelha martelam novamente minha cabeça. Ergo os olhos já esperando a cena. Vejo a fumaça saindo em espiral grossa pelas janelas dos quartos laterais. Sob a luz opaca da lua, a casa parece suspensa numa nuvem de fumaça e sombra. Mas não há labaredas a queimar a noite. Nenhum brilho, a não ser os pontos intermitentes dos dispositivos.

Controlando as náuseas e a dor, levanto-me e continuo a correr. Começo, então, a vê-los saindo das sombras.

Vultos se misturam na escuridão, entrando e saindo pela porta ovalada e pelas janelas. Passam coisas entre si, gritam, gesticulam. A princípio, penso que são invasores, talvez ladrões se aproveitando das chamas. Mas, ao me aproximar, vejo que eles não estão saqueando. Aquelas pessoas estão apagando o fogo e salvando os livros.

Protejo o nariz com a barra da camiseta e logo estou entre eles. Lá dentro, a fumaça é ainda mais espessa. Os pontos de luz revelam as mesas reviradas, as prateleiras caídas, os livros no chão, mas o fogo parece controlado.

Não procuro reconhecer quem está ao meu lado. Apenas me junto ao frenesi de mãos que tiram, esvaziam, repassam e afastam o papel delicado das brasas que ainda ardem nos cantos.

O fogo, pelo que dizem, começou no quarto de encadernação. Um vizinho percebeu as chamas antes que chegassem ao acervo principal. Em poucos minutos, uma multidão se reuniu para salvar a biblioteca.

Quando amanhece, as brasas mortas expelem apenas calor e um cheiro forte de circuitos queimados. Alguns homens levantam prateleiras caídas à procura dos últimos volumes. Do lado de fora, Alana separa os livros acumulados com cuidado. Alcanço um deles. Meus dedos deixam marcas na capa, coberta de cinzas. Mas as páginas internas resistem, intactas.

Ainda há muita gente em torno da biblioteca. Pessoas suadas, sujas, exaustas. Alguns comem o lanche que alguém trouxe em cestas e embornais. Um homem dorme na sombra da árvore. Perto dele, Irina conversa com o rapaz que me atendeu no bar no dia em que cheguei àquele lugar com um segredo e um livro na mochila.

Continuo a limpar os livros. Não consigo deixar de lembrar da outra biblioteca, a que ninguém fez questão de proteger. O Professor a mantivera intacta por muito tempo, mas não foi capaz de fertilizar o deserto que nos cercava de egoísmo e desprezo. A Casa do Muro não poderia sobreviver sozinha.

Alana descansa por um instante. Restos de fuligem mancham seu rosto e suas roupas, o cabelo está endurecido de cinza e suor.

— Danificaram os sistemas, mas conseguimos tirar a maioria dos livros — diz ela. — Os vizinhos estavam atentos. Já imaginávamos que algo pudesse acontecer depois do incêndio na biblioteca do seu professor. Devem ter encontrado algo que nos conectava a ele.

Alana não diz mais nada. Ao meu lado, era como um monolito.

— Você precisa voltar para casa, Maya. Não está mais segura aqui.

///

Mais tarde, nos juntamos de novo na cozinha de Irina. A maior parte dos livros foi distribuída entre dezenas de casas da vila. Restam alguns sobre a mesa, dispostos em pequenas colunas. Irina concorda com minha desconfiança.

— Eles te rastrearam de alguma forma, devem estar nos monitorando. Podem ter captado a inserção do *chip* em nossos sistemas, apesar de todos os nossos cuidados.

Não pude responder. As palavras se misturaram à cinza e às lágrimas no fundo da minha garganta. A culpa é minha. Eu os trouxe até aqui. Devo ter deixado rastros. Ao me conectar com Alex, caí numa armadilha. Se não fossem Alana, Irina e aquela comunidade unida e atenta, eu estaria mais uma vez diante de um monte de fragmentos queimados.

Alana tenta me confortar:

— Sua chegada apenas acelerou as coisas, Maya. Sabemos que nos vigiam desde que apagaram as rotas até aqui dos sistemas de georreferenciamento.

— Mas ainda podemos usar sua presença a nosso favor — diz Irina. — Eles não têm certeza de que destruíram o dossiê. Se você voltar agora, talvez pensem que vai encontrar o Professor. Podemos distraí-los e ganhar tempo para chegar até ele e descobrir o que está acontecendo na grande região apagada do mapa.

Sei que ela tem razão. Voltar é a única forma de reduzir os danos e, quem sabe, ajudar Irina e o Professor. Só me resta pedir a Alex que tome as providências para meu retorno. Vestiríamos nossos personagens mais uma vez, agora com a consciência dos espectadores presentes.

///

Liberdade.

Naquela noite, escrevi:

Seria bom ser apenas Isis, uma garota sem passado, uma vida composta apenas de milhares de fragmentos forjados. Posso construir qualquer coisa a partir deles, recombiná-los, submetê-los a qualquer lógica. Posso ser uma heroína agora e uma vilã no segundo seguinte, uma filha responsável ou alguém sem nada a perder. Uma personagem sem as amarras da coerência ou dos sentimentos.

Isis não tem sobras, interstícios, dobras, não penetra nos ocultos. É plana como uma tela, um conjunto de dados mapeados por um sistema. Que pessoa resultou desses dados? Que identidade é essa que carrego? É possível um algoritmo montar a alma de uma pessoa a partir da soma de compras, buscas, interesses, históricos, fotos, contatos?

Talvez a personagem criada por Alex seja um instantâneo. Como uma foto, que no minuto mesmo em que é feita não existe mais. Mas mil instantâneos similares por fim podem se tornar como um molde, uma fórmula matemática. Você acrescenta as variáveis, no entanto, o resultado é sempre previsível. A peça é reformatada a cada imprecisão, reforçada por novas camadas até que se torna tão rígida que não pode mais ser alterada.

Tento reproduzir a forma de pensar de Isis. Corajosa, intrépida, aventureira. Mas esse espaço amplo demais me angustia. Temo a incompletude nas areias além da segurança das bordas. Onde estará o fim? Haverá um outro lado, uma outra margem? Ou permanecerei para sempre num mundo em que o horizonte tem a mesma cor da terra embaixo dos meus pés? Se não há aonde chegar, por que mesmo é que devo ir?

Para Maya, a angústia não tem nada de novo. Até os sistemas a detectaram, disse Alex. Por isso Lua se movia com suavidade, como se temesse quebrar minha casca frágil, despedaçar a forma. Por isso as recomendações de aula de ioga, as aulas presenciais com o Professor. Todo um esforço para manter os fragmentos unidos. Um *hamster* amestrado só diverte os outros enquanto puder girar a roda.

Mesmo com o tanto que caminhei, ainda me sinto a garota que levava pedras no bolso. Mas não, não sou a mesma. A angústia que me imobilizava é diferente dessa que impulsiona a vontade de descobrir. As palavras me puseram em movimento e, ao me mover, todos os ângulos da minha vida se movimentaram também. Minhas formas amolecidas se reformataram mil vezes. A angústia do movimento é também a busca por uma estrutura que ainda não há.

Não flutuo mais em uma cápsula desconectada. Na verdade, as pontas sempre existiram, apenas meus olhos estavam congestionados demais para ver. Agora, quanto mais me distancio, mais enxergo. E, quanto mais enxergo, mais percebo o que está além do quadro e quão imperfeitas são minhas retinas.

Não, não sou como Isis. Minha sede de viver não está fora do tempo. Não me basta o prazer de levantar as âncoras e flutuar. Não me basta consumir o mundo, deixando apenas as sobras para trás.

No dia seguinte, comunico minha decisão a Irina e Alana. E explico meu plano.

Apenas Isis voltará para casa. O perfil registrado no dispositivo de Alex viajará no banco de um taxista e depois pelas rotas aéreas e terrestres de um serviço de entrega. Dentro da embalagem, junto com o dispositivo, seguirá também a cópia do *chip* feita por Irina antes do incêndio, protegido pelas páginas do livro de capa vermelha. O destinatário é um homem com problemas psiquiátricos, um pária internado há vinte anos num asilo de idosos.

Não é um plano perfeito, mas é o que tenho. Confio que meus vigias interpretem as lacunas, as ausências de Isis em alguns sistemas de controle de embarque, como estratégias de Alex para despistá-los. Quando chegarem à clínica, será tarde. Meu avô lhes mostrará apenas um livro, um singelo presente de uma neta distante.

Um pouco antes de entregar o embrulho para o mesmo motorista que me trouxe, retiro o marcador de página e respondo o recado de minha mãe com uma única palavra escrita a lápis: obrigada.

Recoloco o marcador entre as últimas páginas. Antes de fechar o livro pela última vez, leio de novo o final da história:

> ...havia agora uma longa caminhada matinal até o meio-dia, e, se os homens estavam calados, era porque havia muito no que pensar e muito do que se lembrar. Talvez mais tarde na manhã, quando o sol estivesse alto e os tivesse aquecido, começariam a conversar, ou apenas a dizer as coisas de que se lembravam, para se certificarem de que elas estavam lá, para terem certeza absoluta de que estavam mais seguras dentro deles.

///

Deserto.

A terra ressecada se desfaz em ondas de calor rentes ao solo. Há muito os umbuzeiros ficaram para trás. Não se veem mais casas, rios, roças, arbustos ou galhos retorcidos sombreando os caminhos. Sem eles, o painel indica uma temperatura impossível do lado de fora.

Na cabine refrigerada, ouvimos apenas o ar em movimento, um zunido leve de motor. Nosso motorista, um senhor magro com barba grisalha por fazer, parece movido por uma bússola interna. Mais uma vez, não há setas nem percursos. As poucas placas estão tortas ou caídas. De tão vasta, a paisagem absorve nossos olhos, ouvidos e bocas. Como se o deserto também nos preenchesse por dentro, secando as palavras, os pensamentos.

Os livros da Biblioteca do Deserto dizem que há muito, muito tempo havia vida naqueles ermos. Vida adaptada à quentura, à pouca chuva, talhada na adversidade e na resistência. Restam as moitas mirradas, sempre as mesmas, misturando-se à cor do chão. Montes de pedras, restos de cercas de madeira que delimitaram sítios e plantações. Testemunhas mudas e decrépitas.

Paramos no final do primeiro dia. O ar começa a esfriar, somente um resto de cor queima ainda o horizonte. Acampamos perto do que fora um dia um pequeno povoado. As construções se dissolvem agora no mesmo barro que sustentava suas paredes. Ainda assim, desfeitas, servem como um ponto de referência, de segurança em meio às planuras do entorno.

Eu e Alana caminhamos perto do corpo do rio estreito. Não temos vontade de conversar. Nossa amizade já não precisa de muitas palavras. Apenas observamos a mesma terra argilosa partida em cacos, o que restou de um antigo curso d'água. Uma mancha mais escura logo adiante demarca o que devia ter sido o fundo de um açude. Agora, apenas um pequeno barco escurecido desponta no fundo, afogado na lama grossa.

Não era assim que imaginava o Grande Deserto. Nada havia das dunas macias, da tonalidade dourada soprada pelo vento. Minha referência de deserto devia ser de algum lugar distante demais, um filme, ou de alguma cena *digifi*, não sei definir. Esse lugar tem apenas uma terra amarelada e malcheirosa, esgarçada por rachaduras e barrancos desmoronados.

Quando a noite chega de vez, tudo desaparece. O céu farto em estrelas cobre apenas o vazio e o silêncio. Penso nos lugares em que os cantos entram pelas janelas, em que a paisagem tem som e os sons se entranham nas pessoas como as palavras nos livros. Pela primeira vez, volto a sentir a solidão de meu quarto.

No sonho que chega, percebo-me esperando de novo a estridência da cigarra. Estou em minha cama. Um feixe de luz, comprimido entre a terra escurecida e o peso do céu, desenha os galhos na janela. Mas a ameixeira está muda. Sem o canto, nenhuma sombrinha vermelha espera no pé da árvore.

O deserto para mim sempre foi uma ausência.

///

Passam-se dias antes de voltarmos a enxergar o verde. Primeiro miúdo, cobrindo o chão e as pontas de plantas baixas, os galhos gordos cobertos de espinhos. Depois se erguendo em ramos tortos, em árvores discretas, como que indecisas.

O asfalto puído reaparece em alguns trechos, mas quase tudo já se desintegrou. Veículos desconjuntados movem-se numa nuvem de terra que as rodas grandes levantam do chão. Quase não podemos vê-los, a visão engolfada pela vermelhidão espessa do ar.

— Não estamos longe — diz Pedro, nosso motorista.

Durante a viagem, ele nos contou que ainda havia um lugar onde se podia rodar por horas e horas sem ver o fim da floresta. Era para lá que rumávamos, seguindo mais ou menos a localização do *chip* e as reminiscências guardadas na memória de Pedro.

Há décadas, Pedro vivera naquelas terras a noroeste. Ele mesmo um comerciante de madeira, movido a sonho e dinheiro.

Quando a madeira boa acabou, a serraria onde trabalhava foi abandonada, e ele voltou para o lugar de onde viera. Quem ficou se acomodou nos cantos das cidades.

— A floresta já estava carcomida. Nós a destruímos pelas bordas, mas também pelos meios, nas margens das estradas e das represas, abrindo clareiras a machado, fogo e tiro. Poucos viam ou se importavam com os rasgos mostrados pelos satélites no gigantesco da floresta. Ela era vasta demais, intensa demais. Pensávamos que era imbatível. Sabe como é, quando a realidade é muito feia, a gente prefere se enredar no sono.

Ainda assim, ele acredita que a floresta resiste em algum lugar. Encolhida, sim, mas forte como antes. Escondida alguns quilômetros adiante, apenas mais alguns.

Mas os verdes seguem ralos, as árvores, poucas. Aqui e ali um tronco apodrecido se ergue, meio coberto por gramíneas. Alguns animais magros pastam entre palmeiras dispersas. Às vezes pequenas matas preenchem as reentrâncias, espremidas nos fundos dos vales. Mas logo somem. Separadas por áreas abandonadas, as árvores não se entrelaçam.

Chegam as casas e depois as vilas, cobertas pela mesma poeira pesada da estrada. As paredes de tábua, o concreto descascado, as mulheres na água tirando baldes escorrendo do fundo das margens.

E chegam cidades, embrulhadas na fumaça escura e no ronco dos motores ainda movidos a combustível fóssil. O odor forte mistura-se ao mau cheiro dos esgotos escorridos nas ruas. As casas sobre estacas, as passarelas de madeira podre sobre córregos contaminados. A eletricidade que move a modernidade mal ilumina o rosto das crianças nas janelas.

"Pensamos em nosso mundo como se fosse único porque nos acostumamos a ver o mesmo. Andamos em círculos, como baratas tontas de veneno, cegos para mais da metade da população da terra que sobrevive do lado de fora" — disse o Professor uma vez.

Ao falar, ele me mostrava fotos, imagens. Eu pensava que aprendia. Mas só aqui as palavras se ligam às coisas, transparentes, caindo pesadas como âncoras no fundo seco de um rio.

— Estamos quase chegando — repete Pedro.

Mas o caminho se estende por dias. Cansados, com a pele encardida e os olhos ásperos, esperávamos mais água, mais umidade fora das margens dos rios. Mas só o que encontramos são as marcas deixadas pelas torrentes, sulcos profundos na estrada, rachaduras gigantes partindo ao meio as encostas nuas.

— Estamos no inverno, a temporada de chuvas — comenta Pedro —, mas os meses secos se estendem agora mais do que o normal. A água se despeja em outros lugares.

Quando, por fim, as nuvens pesadas fecham o céu, já estamos perto das grandes árvores.

///

Atrás de nós, pasto mirrado a estender a vista. Adiante, a floresta se ergue quase no horizonte, mesclada de luz e sombra, separada de nós por uma cortina de chuva. Mais um pouco e a estrada mergulharia em suas entranhas.

Não conseguimos chegar lá. De tão insólito, demoramos para perceber. Quando nos damos conta, já estamos diante deles. Veículos blindados bloqueiam totalmente a estrada.

Homens com armas pesadas nos obrigam a parar, cercam o carro, os rostos ocultos por lenços sujos amarrados na altura do nariz.

Um pouco à frente, os dois lados da estrada estão tomados por grandes máquinas pesadas. Dispostos como estão, lembram estranhos robôs de aço e vidro, gigantescos soldados cibernéticos armados com suas garras e seus dentes, à espreita em suas trincheiras. Diante deles, há um vazio. Depois do vazio, o verde. Árvores enormes se erguem como gigantes de braços entrelaçados. Uma muralha.

Pedro estaciona, abre o vidro, pergunta o que está havendo.

— Ninguém pode passar daqui — diz um dos homens, a água escorrendo dos cabelos oleosos e das sobrancelhas grossas. — Vocês precisam voltar.

— Mas o senhor pode nos explicar por que a estrada está bloqueada? — continua Pedro. A água respinga também nele, molhando o rosto e a camisa.

A reposta fez o homem de sobrancelhas grossas se aproximar, o rosto a um palmo do nosso motorista.

— E o senhor pode me dizer o que pretende fazer naquele fim de mundo?

Pedro percebe o tom agressivo do outro e se encosta no banco, afastando o rosto. Antes que falasse algo, Irina assume a conversa.

— Viemos conhecer a região. Somos superinfluenciadores especializados em destinos exóticos — diz. — Viajamos bastante para chegar até aqui, tenho certeza de que o senhor compreende.

O homem passa os olhos no interior do carro, nota Alana e eu sentadas no banco de trás. Não parece convencido. Mas se afasta, chama um parceiro, conversam. Falam também com alguém à distância. Seja como for, a presença de pessoas conectadas provoca alguma inquietação entre eles. Ao retornar, o homem modula a altura da voz, articula as palavras.

— Temos um problema grave de segurança na região. Como já devem saber, temos notícias de invasores vindos do Norte. Estamos em alerta máximo em apoio às tropas do governo. A presença de civis na região não é segura por enquanto.

— O senhor pode nos dizer quando podemos retornar? — pergunta Irina, mantendo a postura aparente de calma.

— Não temos condições de informar neste momento. A senhora pode acompanhar a comunicação oficial. — O homem volta a se irritar. — Agora, por favor, retirem-se. Como já disse, não podemos garantir a segurança de pessoas de fora.

A conversa tinha terminado.

Pedro manobra o carro, retornando pela estrada vazia.

///

Demora para alguém abrir a boca. A perplexidade parece ter parado o ar dentro da cabine.

As informações que temos são de antes da viagem. Irina acionara suas redes. Não soube nada sobre conflitos ou ações militares na região. Os grupos armados que infestavam aquelas terras permaneciam principalmente em torno das minas mais valiosas. Nós estamos distantes delas.

Além do mais, não somos alvos. A maioria dos turistas chegava de avião ou pelo grande rio em busca dos *resorts* que simulam a floresta. Os poucos que ainda circulam por terra podem tirar suas fotos em paz. Assim as imagens que correm o mundo continuam a mostrar a floresta intocada e pacífica que os visitantes almejam encontrar. Perfeito para todos os lados.

Tudo isso ela nos diz antes da partida. Depois todos se desconectam por segurança. Diante do que acabamos de ver, é ainda mais imprudente tentar algum acesso por satélite.

— Conheço outro caminho — informa Pedro. — É uma volta grande, mas vamos conseguir chegar.

Ninguém responde. Não há o que fazer a não ser acreditar.

A volta leva mais de meio dia. Chegando à encruzilhada que havíamos encontrado antes, seguimos por outro caminho, mais estreito e lamacento. O barro amolecido pela chuva gruda nas rodas. Pedro tenta desviar dos atoleiros seguindo os rastros deixados por outros veículos. Às vezes, precisa avançar nos matos para escapar dos buracos inundados.

Seguimos devagar. A chuva para. A floresta, enfim, nos cerca. A estrada é apenas um corte na mata fechada. Sobre nós, apenas uma réstia de azul.

Algumas curvas depois, chegamos a um grande rio. É fim de tarde. A superfície tranquila reflete os azuis e dourados do crepúsculo. As águas chegam em ondas suaves aos bancos de areia, a espuma branca banha as raízes e os trocos de algumas árvores. Uma única canoa risca aquele conjunto de rio penetrando no céu.

Logo surgem as primeiras casas. O homem puxa a canoa para a margem, prende a ponta da corda numa árvore meio engolida pela água. E vem até nós.

///

Passamos a noite numa cabana suspensa. As marcas escuras nas longas estacas seguem indicando a altura da água na época em que a chuva ainda era abundante. Agora, elas penetram na areia úmida. Na penumbra, lembram pernas finas sustentando um corpo grande demais.

Não parece haver lugar mais frágil. O ar entra pelas frestas da madeira, insetos e outros bichos trançam uma rede de ruídos dentro e fora do quarto. Demoro a dormir com tanta companhia. Tenho medo. Imagino aranhas, mosquitos, morcegos, bichos peçonhentos sugando meu sangue, transmitindo doenças.

Tento me lembrar de uma lição sobre as grandes pandemias do século.

“Há muito tememos a floresta. Mas não é da floresta em pé que deveríamos ter medo. Os vírus escapam da floresta degradada, dos bichos selvagens sem hábitat, caçados e devorados. Há milhares de anos os humanos habitam florestas em equilíbrio. Quando começamos a violentá-las, sentimos as consequências” — disse o Professor.

Ainda assim, a trama de sons e movimentos dentro e fora da cabana me aterroriza. Quando a gente se acostuma às ausências, falta espaço para o excesso de vida.

É Alana que me tranquiliza.

— Não são as paredes que nos protegem, Maya. É a floresta.

Pela manhã, o homem da canoa nos guia morro acima por uma trilha larga e antiga aberta na floresta. Permaneço bem próxima de todos, com medo de cada movimento de patas, cada farfalhar de folhas. Ele apenas se move rápido e com harmonia, como se estivesse no próprio quintal.

Ele está embaixo de uma árvore de folhas grandes. À distância, quase não o reconheço. Em vez da figura constrita, de elegância discreta, vejo um homem com cabelo longo e desalinhado, barba grisalha, camisa muito usada aberta no pescoço. Está curvado sobre uma bacia, fatiando a polpa vermelha de uma fruta.

Aquele estranho me olha de longe, como se eu fosse uma estranha também. Quantas semanas se passaram desde nosso último encontro? Poucas, com certeza. Mas a aluna daquele professor estava agora tão distante de mim quanto a floresta em relação à minha vila. Mesmo meu corpo parecia outro. Talvez o ritmo do passo, a postura da cabeça e o jeito do olhar mudem junto o que nos move por dentro.

Irina abre os braços. Os dois se cumprimentarem num abraço longo de velhos amigos. Alana lhe beija as faces, ambos felizes, familiares. Quando estendo a mão, o sorriso no rosto dele desaparece. Percebo a expressão de espanto.

— Não é possível — diz. — Maya?

Ficamos por um instante sem palavra, sem movimento. Apenas dentro de mim tudo se revolve. Por causa daquele homem, eu sou agora um avesso da garota trancada no quarto. Há menos de um mês, nem sequer imaginava que atravessaria meio país sozinha atrás de uma pista incerta rabiscada numa folha de papel.

Mas não lhe dou tempo para entusiasmo. Carrego a canseira da estrada, a dureza da dúvida, de incertezas doloridas demais. Não estou certa de conhecer realmente aquele homem. Quantas verdades e mentiras se misturam em sua história. Sei apenas que temos um trabalho a fazer. Algo maior do que ele, do que eu mesma. É o que me basta. A mão estendida com respeito, a distância entre nós, é o que posso entregar.

— Olá, Professor.

Ele se refaz da surpresa. Aperta minha mão e nos oferece cadeiras de madeira na sombra do cajueiro.

Irina conta minha história. Como entrei na casa antes do incêndio, salvei o livro e o *chip*. Como eu e Alex enganamos as autoridades e meus pais com minha dupla identidade. Como cheguei até a Biblioteca do Deserto seguindo a pista do bilhete e do selo colado na contracapa do livro.

A cada trecho da narrativa, o Professor se espanta mais e mais. Diz que deixara o bilhete com poucas expectativas de que pudesse realmente ajudá-lo. Apenas acreditou que não poderia me deixar sem nenhuma explicação. E tinha esperanças de me afastar da teia de desinformação que se formava.

— Você podia ter me contado o que estava acontecendo — eu digo, finalmente, percebendo o rancor em minha própria voz.

— Não queríamos envolver você em nada disso. Não sabia ainda onde minhas pesquisas iriam chegar, mas já suspeitava que havia algo muito sério por trás dos apagamentos. Eu e seu avô tentamos te manter em segurança.

Então meu avô sabia da história desde o começo. Ficava cada vez mais claro que apenas eu estivera à margem daquele mundo movido a segredos e disfarces. Não podia ser um acaso eu ter aulas justamente com o Professor. Era impossível acreditar que minha mãe desconhecia aquelas atividades clandestinas.

Mas aquela não era a hora nem o local para resolver questões familiares.

— Não entendo por que você não foi mais claro.

— Tive medo de que os investigadores encontrassem o bilhete. Não podia arriscar. Precisava deixar uma mensagem que apenas você pudesse compreender. E você fez muito mais do que eu esperava. Depois do incêndio, sem conseguir recuperar o *chip* e meus materiais de pesquisa, pensei que tudo estava perdido.

— Quase tudo. — Sinto algo se distendendo em meu peito.

— Você pode ter salvado muito mais do que imagina — ele responde.

Ele, então, nos leva para o interior da casa. A sala simples fora transformada em laboratório improvisado, com dispositivos e sistemas de captação de sinais. O Professor conta que, mesmo sem os dados, viajou para a região com a intenção de descobrir o motivo de tantos apagamentos. Contava com a ajuda dos moradores que conheciam bem o local para completar o dossiê.

— Depois que cheguei, consegui avisar seu avô sobre o que está acontecendo aqui, mas, sem as informações do *chip*, ele não podia comprovar a falsidade das informações que circulam na rede. Seria apenas mais uma voz no emaranhado de versões sobre as atividades na região.

Enquanto fala, uma grande imagem tridimensional se abre no meio da sala. Reconheço rapidamente a estrada, o caminho percorrido por nós. Mas, no exato lugar onde estamos, não há nada. Nenhuma casa, nenhuma árvore. O grande rio banha uma terra vazia como as longas extensões que vimos no caminho.

— É isso que o mundo está vendo hoje — ele diz. — Não podemos denunciar a destruição de um lugar e um povo que não existem mais.

Entrego o *chip* original. O Professor insere as informações. O espaço oco se preenche.

Mas é um vislumbre, apenas. Logo tudo se apaga.

/ / /

Estamos cegos.

Todas as ondas ininterruptas de informação, tudo que eu acreditava eterno e imutável, de repente não existe mais. Os canais de conexão foram cortados. Estamos isolados, completamente invisíveis para o resto do mundo. Com certeza, eles já estavam monitorando o Professor. Assim que inserimos os dados do *chip*, nos neutralizaram.

O Professor rapidamente chama os líderes da comunidade. A casa e o quintal se enchem de gente. Homens e mulheres cujas únicas armas que vejo são os facões de mato que alguns levam na cintura. Frágeis demais diante das máquinas gigantes, dos helicópteros e homens armados de prontidão nas bordas da floresta.

O Professor conta sobre o cerco. Estamos encurralados. Não há saída nem no mundo real nem no virtual. Nossa única esperança está nas mãos de um homem velho, preso em um quarto de asilo a milhares de quilômetros daqui.

Se ele receber o *chip* a tempo, se puder unir as informações do dossiê com os últimos informes do Professor, se conseguir contar nossa história para o mundo, se houver reações fortes o suficiente para interromper o que está por vir. Se, se, se...

— Tomara que ainda dê tempo — diz Irina, tão baixo que sua voz se mistura ao vento nos galhos das árvores que nos cercam.

Sem mais nada a fazer, todos voltam a suas tarefas. Levam a vida como sempre levaram, um trabalho diário e constante para manter a terra embaixo de seus pés.

Sentados de novo sob o cajueiro, restamos apenas eu, o Professor, Irina e Alana. A noite chega. Os ruídos dos helicópteros se sobrepõem aos sons da floresta.

O resto da história eu só soube depois.

///

A terra apagada

23 de janeiro de 2054

Neste instante, uma das partes mais ricas do planeta está a ponto de desaparecer. Se nada for feito, uma das maiores biodiversidades do mundo será enterrada sob uma montanha de desinformação com as pessoas que a protegem.

Até agora, o povo que lá vive há muitas gerações tem resistido a todo tipo de agressão. A Grande Floresta se desfez em fragmentos, o solo está dividido entre grandes empresas de mineração, os rios, poluídos por metais pesados e outros dejetos. Mas eles sobrevivem, mantendo ainda seu estilo de vida em ilhas de floresta cercadas por terras cansadas e desertos.

Eles não estão sozinhos.

Acredita-se que a Grande Floresta, de tão degradada, tenha chegado ao ponto do não retorno. Não seria mais possível recuperar a exuberância e a riqueza das espécies vegetais e animais desse ecossistema. Mas as comunidades que conhecem e vivem da floresta ainda não desistiram. Elas se conectam por corredores em meio à mata a outras regiões isoladas, habitadas por povos que ainda mantêm a mata viva. Assim conectados, conseguem sobreviver mesmo sob ameaças frequentes.

Há alguns meses, os grupos que monitoram as informações da floresta perceberam o desaparecimento de estudos e dados gerados por satélite. Acionaram, então, uma rede de bibliotecas, em busca das causas. Um professor, especialista em apagamentos digitais, descobriu que eles eram o início de uma destruição terrível que estava para acontecer.

Não é a madeira que eles querem. Não são as terras. O que eles cobiçam está guardado muito abaixo da camada de vida. São os minerais portadores do futuro, essenciais para manter em funcionamento cada dispositivo, cada *data center* sobre a terra ou no fundo dos oceanos.

Só há uma maneira de chegar até eles: remover tudo o que estiver acima da terra. Mas antes, para que não haja questionamentos e reações, precisam apagar seus traços no mundo virtual.

A estratégia funcionou muitas vezes na história. Exterminar é sempre mais fácil em regiões invisíveis. Longe dos olhos do mundo, destruíram países, secaram mares, exterminaram espécies, massacraram povos para extirpar terra, água, combustível, minérios.

A era da conexão tornou o processo mais complicado. Milhares de olhos nos vigiam, movidos pelo medo da destruição. Se a temperatura da Terra continuar subindo, a redução drástica do uso de combustíveis fósseis não terá servido para nada. Lavouras serão abandonadas. Cidades litorâneas, sem ter mais para onde retroceder, serão engolidas pelo mar.

Por isso cada metro quadrado de floresta é vigiado. *Hackers* passaram a obter e vender dados sobre a devastação para governos e organizações interessadas em manter o que restou da floresta.

Para evitar as pressões e as ameaças de invasão, optaram pela obliteração lenta e sistemática.

Primeiro tentaram esconder os dados. Depois pararam de registrar, de contar, de colher e guardar as informações dos centros de pesquisa. O passo seguinte foi apagar todos os registros desse bioma, dissolvendo os limites do pouco de floresta que ainda resta. Mapas foram alterados, dados de temperatura, população e desmatamento desapareceram.

Mas as pessoas apagadas do mapa ainda estão vivas. Vivem da floresta e preservam seus recursos como fazem há centenas de anos. Conhecem cada planta, cada animal, um conjunto de saberes desejados por empresas e governos do mundo todo. Eles são memórias vivas de cada metro restante de floresta.

Os que cobiçam os minerais do futuro já tomaram a decisão. Para se apossar da riqueza que desejam, precisam acabar primeiro com as pessoas que vivem sobre ela. Mas uma mortandade de tamanha dimensão seria impossível de esconder. Começaram, então, pela mais antiga forma de destruição de um povo.

Primeiro apagam sua existência da memória das pessoas. Cidades e vilas desaparecem dos mapas. Livros são apagados ou adulterados. Referências são excluídas dos dispositivos de busca.

Tudo isso ocorre tão lentamente que mesmo os estudiosos demoram anos para perceber. Ainda assim, tendem a acreditar que o problema ocorre na pequena parcela de bibliografia que acessam. Quando conseguem entender o quadro completo, já não podem fazer mais nada.

Depois que a realidade é completamente deletada do mundo conectado, destruí-la fisicamente é como apagar uma vela.

Qualquer notícia será classificada como rumor, uma das teorias da conspiração ou um dos boatos que surgem a cada minuto nas redes de relacionamento. Qualquer tentativa de checagem vai esbarrar no absoluto nada, nenhum arquivo, nenhuma referência.

Eles matam a verdade. E inventam um novo enredo.

Os livros já foram reescritos. Neles, os povos vivos não passam de resquícios insignificantes, seus remanescentes há muito estão integrados às cidades, trabalhando para as grandes empresas de extração mineral. Suas histórias jazem há décadas sob restos de matéria orgânica e madeira queimada.

Estão prontos para o último ataque. Eles são fortes porque estão juntos. Uma operação desse tamanho só acontece se abocanhar todos eles. Mineradoras, empresas, governos. Todos querem a sua parte.

Ainda podemos evitar que deem o último passo. Este é o momento. Se não fizermos nada, eles, mais uma vez, vão destruir a terra e a vida para alimentar as nuvens.

///

Ao amanhecer, o artigo escrito pelo meu avô estava em milhões de telas, imagens e vozes.

Imediatamente, a contrainformação tomou conta de canais e plataformas alinhados aos invasores. Mas o dossiê do Professor comprovando a manipulação de dados e o cerco à terra apagada furou o bloqueio. Chegou a governos e organizações com poder, dinheiro e interesse em impedir a invasão.

Por segurança, mantiveram os nomes do Professor e do autor do texto em sigilo. Nossos nomes também foram cuidadosamente ocultados. Mas dezenas de observadores e pesquisadores independentes pelo mundo confirmaram os fatos e as informações.

Tudo isso nos contaram depois, quando pudemos nos reconectar.

Eu soube que estávamos salvos bem antes disso. Quando os ruídos ameaçadores que vinham do ar cessaram e os cantos e sons dos pássaros e insetos preencheram a manhã.

A história de Maya na terra apagada termina ali, comendo a polpa de um caju maduro, sob a umidade morna da floresta.

Mas, como todas as palavras que libertamos, essas seguiram seu caminho, que levou a outra história e depois a outra, ligadas e entrelaçadas numa rede que nunca acaba na última página de um livro.

A volta para casa foi talvez a viagem mais difícil de minha vida e ainda não tenho certeza se cheguei ao fim. Porque ela não está mais entre aquelas paredes mortas onde minha mãe acreditou que poderia me proteger das dores que ela própria precisou suportar um dia. Talvez nunca tenha estado.

Visito meu avô com frequência. Lemos e conversamos diante da araucária, às vezes estudamos e trabalhamos juntos. Também fazemos longos passeios caminhando até uma nascente limpa que descobrimos numa pequena mata fora dos muros. Vamos lá quando o sol não está quente demais. Refrescamos os pés na água e tentamos ouvir pássaros.

Minha mãe às vezes nos acompanha, quando consegue folgas no trabalho. Por trás de seus negócios digitais, ela mantém a aparência de normalidade que sempre protegeu a mim, a meu avô e a todos os guardiões que nos cercam.

Foi assim que ela me manteve longe dos perseguidores. E perto da cozinha e da delicadeza de Alice, dos livros e das lições do Professor, dos escritos antigos do meu avô, ao alcance da minha curiosidade quando chegasse a hora. Protegida pela resistência miúda, mas diária, de minha mãe, diante das pequenas e grandes tiranias.

Descobrir quem ela é, quem todos eles são, é um caminho longo, por vezes doloroso. Percorrido passo a passo, movidos a pequenos gestos e momentos. São eles que desmontam pouco a pouco a sensação de ter passado a vida num ambiente tão irreal quanto o de Isis.

Eu e Alex também passamos muito tempo juntos. Ocultos pelos serviços *digifi*, trabalhamos no desenvolvimento de sistemas paralelos nos submundos da informação. Sabemos que não é possível separar os múltiplos mundos em que vivemos, por isso buscamos outros como nós, que tentam levar os fatos e a verdade para o mundo conectado. Toda ajuda é necessária.

Quando não estamos trabalhando, permanecemos longos períodos desconectados. Estudamos literatura e arte. Voltamos a fazer ioga. A cada dia percebo com mais clareza as semelhanças entre nós que os sistemas detectaram antes de mim. Ultimamente, andamos de mãos dadas. Os sentimentos tão sutis que ainda não ouso encontrar as palavras para defini-los.

São pequenas coisas, desprezadas no mundo de hoje, que alimentam nossa vontade e nossa esperança. As máquinas não vencem porque são melhores, mais rápidas e eficientes. Vencem quando deixamos que nos encolham até caber dentro delas.

Temos uma rede criptografada para nos comunicar com Alana e Irina. Elas ainda não concluíram a nova biblioteca. O trabalho é lento, há poucos recursos e todos precisam ser discretos. Mas os livros seguem seguros. Como sempre, passam de mão em mão e se replicam nas mentes e nos campos onde são acolhidos.

Depois de tudo, as acusações contra o Professor foram arquivadas como se nunca tivessem existido. O assunto desapareceu das mídias. As conversas na rede voltaram ao ritmo de antes. Ninguém deu explicações. Ninguém se lembrou de perguntar.

Há tempos não falo com ele. Sei que ainda dá aulas e cuida de uma coleção de livros em algum lugar. Não me disseram onde fica. Há muitos lugares em perigo no mundo real. Perto deles, quase sempre há uma biblioteca a proteger.

Encontrar a verdade é um desafio diário. Mas não desisto de procurar. Meu avô sempre diz que as distopias só se realizam quando desistimos das utopias.

Há pouco tempo recebi uma mensagem de meu pai.

"Uma pena não ter encontrado você, Maya. Mas estou feliz e orgulhoso pelo caminho que escolheu percorrer. Talvez ele nos aproxime mais do que você imagina."

O conteúdo destoante de suas conversas habituais não foi a única coisa a me chamar a atenção. Pela primeira vez, o recado não foi enviado pelas redes. Chegou dentro de um pacote enviado por um serviço de entregas. Também pela primeira vez, estava escrito à mão. Sinais claros de uma comunicação subterrânea que, cada vez mais, eu começava a desvendar.

Junto com o bilhete, veio um caderno de capa dura recheado com dezenas de páginas em branco.

É ele que levo comigo agora. Reunir as palavras também é um jeito de enxergar o passado e o futuro. O que são as histórias senão memórias que nunca terminam?

Talvez algum dia, em algum lugar no limite entre a existência e o vazio, eu finamente encontre as respostas que me levem a meu pai. Talvez eu mesma me encontre. Pensamos às vezes que estamos todos no mesmo mundo, que as outras dimensões estão apenas nos processadores e no nosso cérebro. Mas elas estão aqui, sobrepostas. Vivemos juntos no mesmo planeta e, ao mesmo tempo, imensamente separados.

Por isso, enquanto estou aqui, Isis segue desbravando, percorrendo os múltiplos caminhos que ainda preservam a riqueza e a originalidade de um mundo em perigo.

Na era da conexão e da transparência, é sempre bom ter alguém que saiba caminhar por trás dos espelhos.

Cassiana Pizaia

Nasci em Cambé, norte do Paraná, onde aprendi a ver o mundo subindo nas árvores e mergulhando nas páginas dos livros.

Para descobrir o que havia além do quintal e da biblioteca, virei jornalista, repórter de TV e documentarista.

Hoje, gosto de misturar os tempos e as histórias da vida real e da imaginação para criar universos que só a literatura alcança.

Entre meus livros de ficção, estão os títulos das coleções Crianças na Rede e Mundo sem Fronteiras, publicadas em coautoria também pela Editora do Brasil.

Layla, a menina síria e *O Haiti de Jean* receberam o selo Altamente Recomendável e integraram o catálogo FNLIJ da Feira de Bologna em 2019 e 2020. Os dois livros ficaram em 3º e 2º lugares, respectivamente, no Prêmio Biblioteca Nacional — Categoria Juvenil. *Layla, a menina síria* também foi selecionado para o PNLD Literário 2020.

Vivo em Curitiba com minha família e dois gatos.

Este livro foi produzido com as fontes
das famílias Glosa Text, Neue e Ringside
para a Editora do Brasil em 2022.